버티컬 시티

차례

1장. 적도 5p

2장. 둘 15p

3장. 체크메이트 47p

4장. 아키텍트 81p

5장. 바빌론 111p

6장. 2037년 163p

작가의 말 178p

1장. 적도

물안개 자욱한 호수의 정경.
안개 속, 길쭉한 카누 여섯 척이 느리게 이동 중이다.
카누 하나에 원주민 다섯 명이 탄 채로 노를 젓는 모습. 앞뒤로 잔뜩 실린 야채와 과일 더미 덕분에 카누가 가라앉을 정도로 위태로운 지경이다.

시야에 물에 반쯤 잠긴 나무들이 나타나기 시작한다.
점점 넓게 펼쳐지기 시작하는 나무들. 숲이 물 위로 솟아난 것 같은 이 장소, 현실인지 환상인지 구분이 안가는데…
더 안쪽으로 들어가면 열대종 나무들의 거대한 가지 위로, 나뭇가지를 엮어 새 둥지처럼 만든 집들이 보이기 시작한다. 곧이어 어디선가 들리기 시작하는 아이들이 장난치며 내는 소리들.
사람들이 모여 살아가는, 나무 위 마을이다!

카누를 본 아이가 소리지르면, 주변의 모든 아이들이 동시에 물로 뛰어들어 카누를 향해 헤엄치기 시작한다.
마침내 노젓기를 멈춘 원주민. 가져온 과일을 아이들을 향해 던지면, 한바탕 쟁탈전이 벌어진다.
그다음으로 다가온 원주민 어른들의 손에서 손으로 전달되어 이동을 시작하는 야채와 과일들. 카누에 가득 실려 있던 모든 것들이 순식간에 텅 비워진다.

주변의 제법 큰 나무에 다다른 카누 한 대. 나무 위로 유일하게 문과 벽까지 제대로 붙여 만든 집이 있다.
 야채와 과일을 담은 바구니 하나가 전달되면, 맨 앞쪽에서 기다리던 원주민이 받아들고는 집으로 향하는 사다리를 올라간다.

 "더 이상 팔 물건이 없습니다. 이제부터는 훔치거나 뺏는 방법밖에는..."

 엎드려 이마를 방바닥에 붙인 채 울먹이는 원주민.
 그의 앞쪽으로, 깡마른 몸에 머리가 허옇게 센 노인.
 눈을 감은 채 뒤돌아 앉아있는 그는 원주민 300명의 우두머리. 톰톰 부족의 족장이다.

 큰 강을 옆에 낀, 비옥한 축복의 땅.
 수천년간 이 지역에서 살아온 톰톰 부족. 몇 년 전부터 불어나기 시작한 강물로 마을이 물에 완전히 잠겨버렸다.
 바다처럼 거대한 호수로 변해버린 주변.
 원주민들은 그들의 마지막 보루, 신성의 숲으로 향했다. 그리고 물 위로 솟아난, 키 큰 나무 위에서 철새들처럼 살게되었다.
 주위엔 물 뿐. 물고기만 잡아먹고는 도저히 살 수가 없었다. 한 달에 한 번, 카누를 타고 5일을 가야 나오는 마을로 가서 야채와 과일을 사다 먹으며 버텨왔는데...
 이제 팔만한 것이 더 이상 남아있지 않다.
 생선만 먹으면 아이들이 병든다. 이제 이들은 생사의, 존

립의 기로에 선 것이다.
 이 숲의 끝자락에는 신성의 나무가 있다. 그들이 신앙처럼 지켜온 나무다.

"신의 말씀을 구하겠다. 제사를 준비하거라."
 마침내 눈을 뜬 족장. 눈빛이 미친 것처럼 반짝이고 있다. 자리에서 일어서더니, 근처의 서랍장을 열고 제사용품으로 보이는 물건들을 준비하기 시작한다.

 천벌이라도 내린 것처럼 모든 게 완전히 물에 잠겨버린 지금, 신의 할애비라 해도 이런 상황은 어떻게 할 수 없다는 걸 안다. 지금 상황에서 이들이 할 수 있는 최선의 방법은, 더 늦기 전에 마을을 육지로 옮기는 것일 텐데, 저 노인네 혼자 고집을 부리고 있는 거다. 대대로 지켜온 신성한 의무를 버릴 수 없다면서...
 한참을 족장의 뒷모습만 노려보던 원주민, 한숨을 푹 쉬고는 밖으로 나선다.

*

뗏목 위로 나무더미를 쌓는 원주민의 모습.
뗏목에서 좀 떨어진 곳에 거대한 나무 한 그루가 보인다.
수천년을 살아온, 신성의 나무다.

지금 이들은 저 나무를 위한 제사 의례를 준비중이다.
 원래는 마른 땅 위에다 제단을 만들고 지내던 장엄한 의식인데, 물 위에서 하려니 초라하고 어설픈 느낌. 네 대의 카누에 나눠 탄 다른 20명이 그 모습을 지켜본다. 맨 앞에 족장이 서 있다.

 뗏목의 원주민이 준비가 다된듯, 손을 들어 신호하면, 근처에 횃불을 든 채 대기중이던 원주민이 나무 더미에 불을 붙이기 시작한다.
 순식간에 연기에 휩싸이는 주변. 한낮에 밤이 찾아온 듯, 신비로운 분위기로 변한다.
 두 손을 모은 채, 신성의 나무를 향해 노래하듯 몇 마디를 외치기 시작하는 족장. 나머지들이 뒤따라 부른다.
 일정하게 반복되는 북소리를 배경으로 흐르는 노래소리. 파도치듯 점점 리듬을 타고 제사 의식이 고조되는데...

 갑자기 하늘에서 연기를 헤치며 등장하는 길쭉한 배 한 척.
 쇠로 만들어진 듯, 단단한 빛을 내고있는 모습. 폭풍이 치는 것도 아닐텐데, 갑자기 거센 바람이 얼굴을 때린다.
 원주민들의 눈앞에서 내려오다, 불타고 있는 나무더미 위로 내려앉는다. 순식간에 엉망이되는 뗏목 주변. 불은 꺼지고...
 그 자리를 대신 차지한 낯선 배. 그 윗부분에서 뚜껑이 열리며 두 사람이 모습을 드러낸다.

사파리 복장을 한 남자와 가면으로 얼굴을 가린 남자다.

"여기는 저희가 막겠습니다."
족장을 뒤쪽으로 끌어당기는 원주민. 나머지 원주민들은 어느새 전부 창과 화살을 들고 이 두 명의 침입자들을 겨눈 상태다.

"오해를 하신것 같네요, 여러분이 겪고계신 문제를 잘 압니다. 저희가 해결해 드릴 수 있습니다."
사파리 복장 남자가 말한 이상한 언어를 옆의 가면 쓴 그의 부하가 설명한다. 톰톰 부족의 언어로. 또박또박, 정확하다.
눈앞에서 벌어진 기적같은 상황에 웅성대는 원주민들.

통역이다...

이들도 알 건 다 안다. 족장의 방식에 반발심을 품거나, 문명사회로 가고 싶어 마을을 떠나는 문제아들은 언제나 두세 명씩은 꼭 있어왔다. 이들은 마을에서 최대한 먼 도시에서 트럭 운전을 하거나, 이러저러한 잡일을 하며 산다. 그런 일들 중에 통역도 있다. 짜릿한 스릴을 느끼고 싶어 이 깊숙한 아프리카의 정글을 찾아오는 외지인들도 언제나 한 두 명씩은 꼭 있어왔으니까.
그렇다고 하더라도 이런식으로, 톰톰어를 배운 외지인을 보는 건 처음이다.

"신이 보내셨나?"

족장이 감정을 읽을 수 없는 미묘한 표정을 짓고 있다.

"아니요. 저는 사업가입니다. 시험중인 최첨단 로봇 기술을 활용하여, 최악의 기후 피해를 당한 여러분을 돕기 위해 왔습니다. 제 이름은 엠이라고 합니다."

"로봇이 뭔가?"

질문을 받고 잠시 생각하던 남자. 부하에게 몇마디 하자, 부하가 양손으로 자신의 갑옷을 붙잡더니, 뚜껑처럼 연다. 몸통이 있어야 할 자리에, 몸속까지 온통 가득 찬 전자부품의 모습. 놀라 쳐다보는 원주민들을 향해 잘 보란 듯 몸을 천천히 돌려준다.

"이것이 로봇입니다. 인간이 아니지요."
남자가 별거 아니라는 듯이 말한다.
"...오로지 충성을 다해 명령을 수행하는, 인류 과학기술의 결정체로서 완성되었습니다. 이 기술로, 물에 잠긴 여러분의 마을을 이전보다 훨씬 안전한 상태로 되돌려 드릴 수 있어요."

"저 인형으로 물 속으로 사라진 그곳을, 원래처럼 돌려 줄 수 있다고?"
 똑같은 말을 되묻는 족장. 믿지 못해서다. 신이 내린 천벌을 어떻게 저런 게...

"여러분께 마법을 보여드리겠습니다. 미래에 벌어질 일을 미리 보여주는 환영 같은 거지요."

 통역을 마친 부하. 가면의 눈 부위에서 빛이 번쩍이며 쏘아지기 시작한다. 동시에 일행의 앞에 환영처럼 나타나는 호수의 모습.
 우오오... 놀란 원주민들의 소리가 여기저기서 터져나오는데,
 곧이어 여러개의 인형들이 나와 건설 작업을 하는 모습이 생생하게 펼쳐진다.

2장. 둘

순간, 눈이 멀 것 같은 빛이 망막을 가린다. 오후 4시다.
 사무실이 서향인 까닭에, 맑은 날 이때쯤이면 눈앞에 대놓고 일광욕 스위치라도 누른 것 같다.
 벽에 비스듬이 기댄 채 태양 빛을 정면으로 받으며 통화중인 C. 옆모습에서 날 선 긴장감이 전해진다.
 언제나 갑작스러운 연락. 살인 사건이다.

 통화를 마치고 창가로 다가가 잠시 밖을 응시한다.
 끝없이 펼쳐진 초고층 빌딩들의 풍경. 정글의 방치된 자람이 느껴지는 빌딩 숲 사이, 각자의 목적지를 향해 날아가는 플라잉카들과 배송용 드론, 개인 비행체들의 다채로운 흐름이 이어지고 있다.
 80층에서 바라본 서울 중심가 뷰. 멀리 더 높은 건물들이 솟아있는 쪽, 중앙 상업지구 13구역의 이동식 보석상에서 주인이 살해당했다.
 중앙 상업지구의 특징은, 초고층 건물들 옆, 층과 층사이로 이동식 음식점, 상점 등이 날아다닌다는 것. 이동식 보석상도 그런 가게들 중 하나다. 드론 엔진을 장착한 트레일러 형태의 작은 상점들이 초고층 빌딩 옆, 위아래로 둥둥 떠 있는 모습을 떠올리면 된다.
 초고층 건물 사이, 한쪽에서 다른 쪽으로 비행하며 사람과 물건을 실어 나르는 온갖 종류의 플라잉 머신들로 붐비는 도시 중심부 풍경. 세상이 수평으로 펼쳐진게 아닌, 90도 수직으로 세워진 상태. 버티컬이다. 그래서 사람들은 이 도시를 '버티컬 시티'라고 부른다.

 이번 살인 사건의 의뢰인은 피해자의 아내. 살해 용의자
가... 딸이다.
 영화배우로 유명세를 타기 시작한 의뢰인의 딸, 페이. 현
장에 이니셜이 새겨진 호신용 리볼버가 떨어져 있었다. 그
총이 며칠 전 페이의 생일날 남편이 준 선물이라는 걸 아는
의뢰인. 총을 숨긴 채 사설탐정을 수소문해 C에게 연락했
다.

 '막 출근해서 가게 열 준비를 하던 남편을 등 뒤에서 쏘고,
금고에 보관중이던 물건을 챙겨 달아났어요...'

 작고 단단한 목소리로 지금 스케줄을 소화중일 거라는 페
이의 위치를 알려주는 의뢰인.
 아무도 눈치채지 못하게 이 사건을 조사해 달라고 당부한
다.

 서랍에 보관중인 권총집을 꺼내 어깨 안쪽으로 둘러맨다.
옷걸이에 걸린 중절모를 푹 눌러쓰고 뒤돌아 방문을 열면,
시야가 확 펼쳐지는 널찍한 야외 테라스. 한켠에 주차된 그
의 빨간색 플라잉카가 보인다. 낮게 휘파람을 한 번 불면
알아듣는 것처럼 드론 엔진에 시동이 걸리는 모습. 운전석
에 올라타 핸들을 잡으면, 준비 끝이다.
 훌쩍 테라스를 벗어나 주변 플라잉카들의 흐름 속으로 사

라진다...

"복도 맨 끝입니다."

 페이는 대기실에 있다. 누구냐고 묻는 촬영 관계자의 말에 삼촌 중 하나 라고 짧게 답하니, 두말없이 알려준다. 항상 준비해서 다니는 탐정 면허증을 보여줄까 하다가, 비밀로 해달라던 의뢰인의 말이 가로막았다.
 머리위로 짓누르는 듯 낮은 통로를 걸어가면 마지막으로 나타나는 문. 명패처럼 붙어있는 뾰족한 별이 펜타클을 연상시키는데... 노크를 하려는 찰나, 한숨같은 소리를 내며 안쪽으로 살짝 열리는 문. 잠깐 망설이던 C. 크게 세 번 노크한다.

"시트러스 향이네요."
 순간 얼어붙는 그. 뒤를 돌아볼 엄두가 나지 않는다. 전혀 예상하지 못한 순간에 누군가 귀에 대고 속삭인 것. 이건 도저히 사람의 느낌이 아니다. 이건...

"지금 뭘 하시는 거세요?"

 이건, 아, 씨. 왜. 하필이면...

"뭐하냐고."

목소리의 주인을 찾아 고개를 돌리면, 마주치는 한 쌍의 뜨거운 눈망울. 지난 1년간, 철이가 본 모양 중 가장 심한 각도로 일그러져 있다. 중국집 사장이다.
 또 작품생각하다 졸았다...
 여긴 개수대 앞, 점심 알바생 현실이다.

 요식계의 청소부, 설거지.
 이럴 때마다 잘리고 잘려 언제부턴가 이 알바만 하고 있다.
 점심 타임의 바쁠때가 지나간 후 남겨진 식기들 뒤처리하는 일. 웬만한 식당들은 이제 다 기계나 로봇을 써서, 이런 알바를 구하기도 힘들다. 어째서인지 중국집들은 그나마 기계 대신 사람을 쓰기에 중국집을 옮겨가며 계속 설거지 알바를 해왔다.

 손이 늦고 멍때릴 때가 많은 철이. 아버지를 죽인 무림 고수들 앞도 아니고, 그래봐야 개수대에서 온통 짜장면, 탕수육 그릇들 속에서 일 텐데... 눈으로만 찌리며 철이를 참다 참던 이번 사장이 한 달 전쯤 설거지 머신을 들였다. 이제 식기를 모아 기계에 넣고, 돌리고를 반복하기만 하면 되는 것처럼 보이겠지만, 전혀 그렇지가 않다. 하던 설거지일을 기계에게 뺏기고, 대신 청소나 재료정리를 하게 된 것. 다른 말로 적당한 때에 알아서 관두라는 소리다.
 그러나 철이는... 빈 시간이 생기자 이렇게 대놓고 졸 때가 많아졌다.

 끝날 때 끝나더라도 끝난 때 까지는 끝난게 아니다.

 지금껏 알바인생에서 얻은 지혜의 한 줄로 이 상황을 설명해 봤다. 갈 때 가더라도 갈 때까진 내 자유를 뺏기지 않는다. 끝까지 싸운다. 내 자유를 위해.
 옆에서 맹렬히 작동중인 기계가 동지라도 되는 듯, 멋쩍게 손을 얹고 헛기침을 두어 번 한다.

 "워 게이 니 산 티안 시 지안."

 웡?!... 처음 들어보는 중국말. 당연히 뭔 말인지 모르는데, 설명도 없이 주방에서 휙 나가버리는 사장.
 쳐든 손가락 3개로 봐서, 3일 준다는 말 같은데. 다시 돌아와서 봉투를 던지고 간다. 이런, 이번달 알바비다...

*

 티끌 하나까지 비추는 형광등 빛 아래, 격자무늬 흰색 타일만이 영원히 반복되는 느낌.
 모든 건 완벽하게 차갑다.
 이곳은 오븐기 형태의 최신식 화장실. 미래 사회에 대한 공포를 시각적으로 구현한 듯한 모습이다.
 2030년부터 등장하기 시작한 이런 타입은 이제 사람이 청소하는 게 아니다. 이용객이 없을때 저 조명이 보라색으로 바뀌며 이 공간을 통째로 입자 소독한다. 만에하나 사람이 있게 된 경우, 기억해야 할 건 단 하나. 절대로 눈을 떠서는 안된다. 망막이 타서 장님되니까.

 칸 안에서 옷을 갈아입고 나온 철이. 오랜만에 거울에 비친 자신의 모습을 찬찬히 바라본다.
 겨울용 재킷 아래, 올리브색 점프수트. 덤불숲 머리위로 레이싱 모자를 눌러쓴 모습. 어쩌다 만화 밖으로 튀어나온 캐릭터 같다. 딱 이대로 플라잉카에 올라타 총천연색 사이버펑크의 세계를 위이잉 날아갔으면... 좋겠지만, 여긴 현실이다. 정신 채려야지?

 엘리베이터를 타고 빨간색 40층 버튼을 누른다.
 화재 비상 대피층. 흡연구역이자, 입주민용 카페가 있는 곳이다.
 문이 열리는 순간, 차가운 바람이 콧등을 친다. 건물 기둥이 노출된 필로티 형태. 고층에 부는 바람을 그대로 느낄 수 있다. 이런 80층짜리 고층 빌딩이 화형당하는 순교자처럼 불에 탈 때에도, 이곳까지 해 낸 사람들은 모조리 멀쩡했다.
 이상기후로 계속 따듯한 봄날씨였는데, 웬일로 춥다. 설마, 내가 모태솔로라서 이런 건 아니겠지?

2033년 1월 1일. 오늘부로 철이는 20대가 꺾였다.

지이잉-

 전대에서 지폐를 꺼내 투입구에 넣으면, 메뉴 선택 버튼의 불이 들어온다.
 현금을 받는 구형 커피 자판기. 철이가 굳이 여기까지 올라오는 이유 중 하나다.
 투명창 너머 머신이 무심하게 내리는 커핏물을 잠시 쳐다본다. 찰칵 하는 금속성 소리와 함께 밖으로 나온 테이크아웃 잔을 집는다.

 야외 테라스 너머 펼쳐진 서울 도심 풍경. 이 빌딩 지하 식당가 알바인 덕분에 의도치않게 이런 좋은 작업공간을 만날 수 있었다. 미래 도시를 연상시키는 초고층 빌딩 숲 뷰를 바라보며 작품을 써 온 철이. 좀전 꿈속에 등장했던 소설이다.
 이제 3일 후면 이 장소도 끝난다는 말. 작업이 엔딩에 가까워서 그나마 다행이다. 쫓기면서 쓰는 건 최대한 피하고 싶다.
 무명 작가 생활 7년차.
 삼일을 굶기도 하고, 공원 놀이기구에서 선잠을 청하면서도 글쓰기를 붙잡고 있다보니, 어느순간부터 누가 알아 주거나 말거나 상관도 없어졌다. 이 길을 끝까지 가기로, 해탈한 것처럼 맘을 먹었는데... 어쩐지, 여기가 정말로 끝인 것 같은 기분. 등골에 서늘한 식은땀이 한줄기 지나간다.
 아메리카노를 한모금 마시며 쓴 맛을 삼키는 철이. 핸드폰을 꺼내 글쓰기를 시작한다.

 그날, 앉은 자리에서 작품을 완성해버렸다.
 3일 안에 계약금까지 받겠다고 이러는 건 아니다.
 글쓰기를 시작한 이래 작품 보내고 답메일을 한 통 못 받았다. 결심, 노력의 크기, 갈망... 이런 거와 실제 결과와는 아무런 상관이 없는게 현실이라는 걸 잘 안다.
 얘기했지만, 여기가 끝인 것 같은 직감 때문이다. 다른 말로 이 이상 더는 못해먹겠다는 말.
 텅 빈 주방에서 먹다 버린 식기들과 씨름하는것도. 이카페 저카페 옮겨다니며 따가운 눈초리 꾹 참고 작업하는 것도. 창문도 없는 고시텔에서 추위와 더위에 시달리는 것도...
 아니, 어쩌면 이 다음 알바를 못 구할걸 알아서 그러는 걸지도. 이번 중국집도 식당가를 돌아다니면서 아주 샅샅이 뒤진 끝에 겨우 구했다. 모인 돈도 없어서 일 못 구하면 곧바로 굶는 각이다.

 다음 이틀은 직접 출판사들의 주소지로 찾아갔다.
 여태 해왔던 것과는 다른 방법을 써야 했기에 이렇게 했다.
 결과는 무응답.
 이틀 내내 수많은 보안 문의 카메라 앞에서 인터폰 화면에 뜬 자신의 얼굴만 쳐다보고 있었을 뿐이다. 마지막엔 미친 사람처럼 출입하는 아무나 붙잡고 물어보기까지 했다.

"저희가 사무실이 일산에 있습니다."
"아, 여기가 아니고 일산이라고요?"
 마침내인가? 하는 마음으로 대뜸 묻는데, 아무 말 없이 고개만 끄덕이는 상대방. 시간을 보니 오후 4시에 가깝다. 퇴근 시간이 6시 일텐데... 없는 돈에 곧바로 택시 타고 강남에서 일산까지 쐈더니, 다시 강남 사무실로 가란다...
 장례식장에 나타난 불청객이라도 달래듯 차분하게 말하던 일산 사무실 직원. 그의 눈에서 선택의 기로에 선 인간의 고뇌가 읽혔다.
 해가 저물고, 약속된 3일이 끝났다. 이게 끝이다.

*

 가파른 언덕 길을 올라가다 보면, 어느 순간 건물 위로 모습을 드러내는 돔형 이슬람 사원 지붕.
 이태원. 철이가 나고 자란 동네로 돌아왔다.
 모든 장소들이 떠났던 9년 전 그대로인 것 같아 신기한데... 점점 모습을 드러내는 군데군데 텅 비고 무너진 풍경. 임종을 앞둔 위태로움이 눈에 보인다.
 기억 속으로 반쯤 빠져든 듯한 기분으로 동네길을 걸어가는 철이. 양 옆으로 주욱 늘어선 허름한 주택들로 점점 숨이 막혀올때 쯤, 잡초가 무성한 집 터가 나타난다.
 철이의 집이 있던 곳. 그의 부모는 다툼 끝에 불을 질렀다...

 중 3이던 어느 날. 언제나처럼 늦게까지 밖을 돌아다니다 집에 왔을 땐, 모든 게 젖은 잿더미가 된 후.
 그저 지나가는 행인처럼 그 곳을 떠나 동네 밖으로 나왔다.
 그날 이후, 철이는 거리에서의 삶을 시작했다.
 그리고, 글쓰기를 발견했다. 그 지점에 도달하기까지 2년 정도, 처참한 방황의 시간이 필요했다.

 뭔가 가슴에 응어리진 감정을 풀기 위한 방법이었다.
 돈도 없을테고, 딱히 뭐 할 줄 아는 게 없어서라고 생각할지 모르겠지만, 갑자기 새로 주어진 삶을 살아기엔 어떤, 뭔가가 반드시 필요했다.
 새 가족같은 것. 피와 땀이 섞인 날것, 살아 울부짖는 기억과 감정들이...
 어떤 세상에 대하여 상상하고, 인물들을 만들어 그 안에서 살아가게 하는 일이 그런 역할을 했다.
 그렇게 다 잊고 새 인생을 살 수 있을거라고 생각했는데...

 강 너머까지 훤히 보이는 공원.
 터가 그래서 그런가?... 어릴때나 지금이나 주변에 사람이 아무도 없는건 여전한, 동네에서 최고로 싸늘한 장소다.

추억에 잠긴 채 서있던 철이. 손에 들고있던 봉지에서 병을 하나 꺼낸다. 소주다.
 띠딕- 뚜껑을 돌려 열고, 입 안쪽으로 기울여 내용물을 흘려넣는다.
 꿀꺽. 꿀꺽. 한 병 끝까지 다 털어 넣는다.
 곧바로 가슴에서 머리 쪽으로 퍼지는 뜨거운 기운. 동시에 온통 감각이 느릿해 지는 게 이상하다.
 생전 처음으로 마시는 술이다.

"크큭... 아하하! 아하하하하하하하!!"

 터져나온 웃음을 재끼다 지치면, 앙상한 가지를 드리운 채 서있는 거대한 고목나무가 눈에 들어온다.
 기억으론 언제나 무서운 모습이었는데, 이제 보니 꿋꿋이 이 장소를 지켜주고 있는 고마운 존재.
 든든하다.
 고시텔을 나오며 딱 하나 챙겨온 걸 주머니에서 꺼낸다.

빨래줄.

 이 시대에 뭔 빨래줄이냐 하겠지만, 이 줄 하나면 한 번에 만 원 하는 건조비가 굳는다.
 세면대에서 손빨래 한 걸 비틀어 짜 이 줄에 널어왔다. 집을 떠난 이후 9년을 나와 함께 한 녀석이다. 마지막 순간까지 곁에 있어주는, 진정한 친구인건가...

줄을 찬찬히 어루만지며 상념에 잠기던 철이. 적당히 풀어 낸 상태의 남은 줄 뭉치를 굵은 가지 너머로 던지고, 몇 번 반복한 끝에 매듭을 만든다.
 주변을 두리번 거리며 뭔가를 찾아 헤매는 철이. 한참만에 찾기를 단념하고 나무로 돌아오면, 발 끝으로 최대한 키를 높여 선 상태에서 줄로 자신의 목을 묶는다. 단단히.

 이제 정말로 마지막이다. 자, 심호흡 한 번 쉬자.

"철이야..."

 누가 또 날 부른다. 하... 꿈이나 현실이나, 타이밍 한번 뭣 같네.
 고개를 돌려 보면, 파마를 한 듯 곱슬거리는 머리, 애기같이 둥그런 얼굴이 쳐다보고 있다.
 초등학교 4학년 이후로 가족처럼 항상 함께다녔던 베스트 프랜, 서산초. 훌쩍 커진 몸 위로, 그때의 그 곱슬애기 얼굴이 그대로다.

*

"목에 걸려 죽을래? 물 좀 마시고~"

잠옷바람의 아저씨가 말한다. 산초네 아빠다. 예전처럼 산초네에 왔고, 아빠가 짜장면을 해줬다.
 공원을 지나 동네길이 끝나는 곳에 있는 2층 집. 아직도 1층에서 중국집을 하고, 2층은 직원 숙소 겸 산초네 집이다.
 이곳에서의 모든 것이 끝나던 중학교 때까지. 집보다 더 집 같았던 곳.
 산초네 방에서 뒹굴며 봤던 만화책과 영화들로부터 철이의 상상력의 뿌리는 시작됐다. 산초가 없었으면, 철이는 지금과는 완전히 다른 모습 일 것이다. 어쩌면 존재하지 않게 됐을지도.
 그러고 보니, 좀 전의 일도 그렇다. 애는 나의 수호천사같은 거라도 되는걸까?... 전생에 나와 무슨 대단한 인연이 있었나보다.
 방 문을 열면, 별로 달라진 게 없는 풍경. 방바닥에 이부자리를 준비하는 산초를 멍 해져서 바라 볼 뿐이다.

 불을 끈지 한참 지났는데 정신이 점점 더 말짱해진다.

 "넌 뭐하고 사냐?"
 대답을 들으려고 한 말은 아니다. 돌아누운 산초에게서 심란함이 느껴져서 던진 말이다.

 "그래도 난 네가 부럽다."
 부럽다니... 생각지도 못하게 맥이 풀려버리는 기분이다. 역시 사람은 사람 사이에서 어울려 지내야 하는 것 같다.

이런 애랑 같이 있었다면 죽을 생각 따윈 들지도 않았을 테지. 이 동네로 돌아 온 것도. 산초가 그때 그 앞을 지나간 것도. 다 내가 살 운명이어서 그런 것 같다. 갑자기 지금 살아있다는 사실이 너무 좋아서 소름이 돋는다.

 그동안 살아온 얘기를 하기 시작하는 산초.
 철이가 갑자기 사라진 중 3때 이후, 중국집 일을 관두고 밖에서 이런저런 알바를 하며 지냈다. 더 이상 중국집과 자신을 연결 시키고 싶지 않았다고.
 산초는 초등학생 때 부터 주방에 들어가 아빠에게 요리를 배웠다면서 철이에게 이런저런 음식들을 해먹이기도 했었다. 맛이 어땠는지 전혀 기억이 안나지만, 그러던 걸 다 관뒀다니... 충격이다. 혹시 나때문인가?
 무작정 인천에 있는 바다가 보이는 집을 하나 정하고 거기서 살 돈 모으기를 시작했다.
 삼각김밥만 먹고 하루 세 탕 알바를 뛰다가 병원비로 다 날리기를 몇 차례. 결국 아직까지도 이 집을 못 벗어났다. 무슨 저주에 걸린 것 같다... 어째 처지가 비슷한 것 같은데, 뭐가 부럽다는 거냐?
 듣다가 지쳐서 잠이 오기 시작하려는 데, 갑자기 핸드폰 화면이 쏘는 밝은 빛에 눈이 아리다.
 뭔가를 열심히 누르던 산초. 철이에게 화면을 들이민다.

아프리카에서 6개월간 건설 현장일 하실 분 모십니다.
 지원자격 : 20세 이상 신체건강.

　　　　해외여행 결격사유 없어야 함.
급여 : 3600만원(일정 종료 후 일시불 지급)

"이건... 거의 원양어선 수준인데? 돈은 좀 되겠네. 이걸 왜 보여주냐?"
"아래쪽 봐봐."

가리키는 곳에 마감시간이 적혀있는데... 자정이다.

"아직 10분 남았어. 국가별로 200명씩만 뽑는데서 그냥 넘겼는데, 갑자기 생각났어. 이거 나랑 같이 지원해줄래?"

아프리카 가는 걸 지원한다고?... 물론 이렇게 된 마당에 못할것도 없지만, 뭔가 목에 걸린 것처럼 망설여진다. 극심한 불경기라 못해도 2만 명은 몰려들텐데, 그럼 경쟁률이 100대 1이 넘는단 얘기. 난 그 흔한 5000원짜리 복권도 당첨된 적이 없었다. 뭐 까짓거...
내키지는 않지만, 고개를 끄덕여 준다.
철이가 대답하는 인적사항 몇가지를 빠르게 입력해 넣는 산초. 마감 직전, 접수에 성공한다!

"오늘 우리 만난거, 너 그러고 있었던 거... 뭔가 느낌이 좋아. 될 것 같아."

철이의 한 달 생활비는 60만원 정도. 만약 된다면 알바 안하고 60개월을 지낼 돈이 생긴다. 책 한 권 쓰는 데 6개월 정도 걸린다고 보면, 10권을 쓸 수 있는 여유. 그렇다 하더라도 저렇게 멀리까지 가는데, 무슨일이 벌어질지 모른다. 저런 여유가 생겨버린 것 때문에 정작 글이 더 안써질지도.

...3600만원이야... 그거면 다 끝낼 수 있어...

 옆에서 긴장이 풀리며 잠으로 빠져드는 산초의 느낌이 전해져온다.
 이제 또다시 알바를 구해야 할거고, 하루아침에 생겨버린 새로운 가족. 여기서 산초와 함께하는 이 생활에 적응 해야 할 것이다. 근데 아프리카라고?... 상상으로 그 곳에 있을 모습을 떠올리려 해 보는데, 아무것도 떠오르질 않는다.

*

 산초가 깨워 일어나보면, 새벽 5시다.
 할 만한 알바자리를 소개시켜 준 다음, 밥을 챙겨주고 먼저 일하러 나간 산초. 안 보는 사이 살림꾼이 다됐다.
 1층 가게는 아침 10시에 시작하는데, 직원들이 9시 까지 잔다고 했다. 아빠와 또 다른 주방장 1명, 서빙에 배달까지 총 4명이 자고있다는 2층. 오랜만에 산초의 방에서 만화책 보면서 여유로운 아침시간을 가졌다.

똑똑똑.

잠시 후, 드르륵 소리와 함께 작은 창문이열린다.

"산초씨 소개로 왔는데요, 산책 알바 있나요?"
"누구? 얼굴좀 보게 숙여봐요."

 허리를 굽혀 열린 창문의 안쪽을 들여다보는 철이. 제복을 갖춰입은 경비아저씨와 눈이 마주친다.

"대추꿀차요."
"아~ 난 또 누구라고. 마침 잘 왔네. 오기로 한 사람이 안 와서. 102동 문 열어줄테니까, 1303호 가봐요. 산책왔다고 하고~"

 ...10미터 마다 한 대. 보안 가로등에 설치된 감시카메라가 반겨주는 단지 내 외길. 아침이라 그런지 인적이 없다. 우뚝 선 102동 출입구를 향해 가까워지면, 지이잉- 저절로 열리는 보안 문. 무인 경비 시스템이 벌이는 조화다. 언제나처럼 몬스터의 벌린 아가리 속으로 들어가는 장면을 상상하며 걸어들어간다.

 1303호.

벨을 누르자마자 기다렸다는 듯 열리는 문. 국적을 알 수 없는 얼굴의 아줌마 한 분이 뭐라 할 새도 없이 손에다 줄 하나를 쥐여준다.
 투다다닥-
 곧바로 엘리베이터를 향해 내닫는 중형 믹스견에 끌려가는 철이. 내 뒤통수에 대고 소리친 두 시간 이란 말은, 두 시간 있다가 오라는 거겠지?

 오전 10시부터 정오까지 두 시간. 개 산책 알바.
 경로는 알아서 하면 된다. 아파트 단지 밖으로 나서면, 양 옆으로 깎아지른 고층 빌딩이 계속되는 풍경. 절벽 골짜기의 밑바닥을 걸어가는 기분으로 산책을 시작한다.
 알바자리가 점점 줄어드는 상황에서 산초가 개척해낸 알바. 식당하는 집에 사는 강점을 살려 대추꿀차를 만들고, 동네 주변의 아파트 단지 경비아저씨들을 상대로 영업을 돌았다고 했다. 딱 보기만 해도 수백명은 넘게 사는, 큰 마을이나 다름 없을 곳의 모든 잡일을 꿰는 정점. 단 하나의 컨트롤 타워들.
 그 중 몇몇은 틀림없이 입주민을 발주처로 둔 직업소개소 같은 역할을 할 거란 산초의 추측은 정확했다.
 예전이나 지금이나, 재간둥이 어디 가지 않았다.
 그러는 산초가 하고있는 알바는 재활용 분류원. 비교적 최근에 생겨난 신종 알바로, 구청에서 하는 일종의 사회 복지 사업 같은 공공 일자리다.
 만성화된 불경기로 상점가 곳곳에 망해서 비어있는 공실

들을 구청에서 사 들여 재활용 분리수거장을 만들고 있다. 자원 재활용은 물론 쓰레기 처리비용 절감, 일자리 창출, 그리고... 거기서 알바를 해대는 온갖 사람들 덕에 상권이 다시 살아난대나 뭐래나.

 여튼 쓰레기 중 돈되는 거 골라내는 일이다. 지저분하고 시급도 짜지만, 누구라도 할 수 있고, 짤려도 다른데서 또 구하기 쉬운 일. 맘도 편하고 오래할 수 있어서 그 일을 한다고 했다.

 미안하지만 산초야, 니가 그러니까 아직도 돈을 못 모은 거겠지...

 일은, 이 개념이 8차선 도로를 가로지르는 건널목 한 복판에 갑자기 멈춰서 똥 싼 걸 한 번 치운 것 빼고, 별 일 없이 끝났다. 일비 2만원을 손에 쥐니 갑자기 부자가 된 기분. 평생 이러고 살아도 되겠는데?
 편의점에서 삼각김밥에 김치라면, 그리고 카페 가야지.
 처음엔 서먹하게 느껴지던 옛 동네가 점점 따듯하게 차오르기 시작한다. 뭔가 회복된 듯한 기분.
 어쩌면, 난 다시 시작 할 수 있을 것 같다...

*

 골목길 안쪽으로 한 참을 걷다보면 나타나는 동네 사거리길.
 한쪽 모퉁이에 다 쓰러져가는 상가건물이 있다.

웨스턴 경양식 카페

 비바람에 닳고 헤져서 반쯤 지워진 간판. 심지어 1층 출입구 안쪽으로 안보이게 붙어있다. 이건, 자세히 들여다 보지 않고서야 절대로 못찾는다.
 돈까스. 카레라이스. 김밥. 커피를 파는 49년 전통의 카페다. 1984년에 시작됐다니...
 중요한 건 현금을 받는 카페라는 사실. 첫 번째 개 산책 알바를 끝낸 날, 주위 반경 2km를 2시간 동안 헤매다 찾아낸 귀중한 곳이다. 이정도면 난 현상금 사냥꾼이 아니라, 현금 받는 카페 사냥꾼이다.
 또 한가지, 이 카페는 지하에 있다.

"몇 분이세... 저 젊은이 또 왔구먼~ 편한 데 앉아요."
 사람은 보이지 않는데, 어디선가 외치는 할아버지의 음성. 이 가게 사장이다.
 서부 영화에 등장하는 술집처럼 꾸민 실내. 영화 세트장을 방불케한다. 안으로 한 걸음 내디딜 때마다 발 아래의 나무 판자가 삐걱거린다.
 널직한 1층에 댄스 홀과 바가 있고, 2층 자리가 테라스 형태로 빙 둘러 댄스 홀을 내려다보는 구조.
 지하로 2층까지 내려간다는 말이다.

여기 온지도 일 주일 째인데, 오늘도 손님은 나 한 명 뿐이다. 1층 구석 테이블에 자리를 잡으면, 할아버지가 메뉴판을 들고 다가온다.

"아메리카노 한 잔이요."
 장소의 분위기와는 정 반대인, 개량 한복차림의 할아버지. 그새 철이에게 정들었는지 씨익 미소를 건네며 왔던 길을 흔쾌히 돌아간다.
 그래, 저런 스타일이 진정한 웨스턴일지도. 일단 반항적이다. 겁도 없고, 무모한 느낌도 들고. 게다가 이렇게 작정하고 버티고 있으니까 아직도 현금을 받는 거겠지...
 나온 커피를 한 모금 마시면, 빈 자리 주변으로 옛날 미국 서부영화 포스터가 빙 둘러 붙어있는 풍경. 잠시만 이 여유를 만끽하고, 오늘의 작업을 시작해야지...
 핸드폰을 꺼내는 철이. 와이파이가 잡히면, 메일함에 새로운 메시지 알림 표시가 뜬다.
 기다리는 메일도, 올 데도 없다. 출판사는 이제 마음을 비웠고.
 패스.
 이 폰으로 전화는 오지 않는다. 본의아니게 핸드폰 요금을 못 내서 전화가 없게 되버렸다.
 2033년, 기술이 이렇게나 발전하면 핸드폰 요금도 당연히 내려가야 할텐데. 8G 통신망이다, 트윈 인공지능이다, 쿼드 카메라다 뭐다... 절대 내리지 않는다. 조금씩, 너무 뜨겁지 않도록 계속 올라갈 뿐이다.

생성형 인공지능의 대중화로 검색과 자료 요약정리, 이미지 생성 등을 빠르고 저렴하게 소비하는 동안, 수많은 대학생 과외 알바가 날라갔고, 수많은 프리랜서 디자이너들의 일감이 멸종됐다.
 이들 모두 철이처럼 핸드폰을 이미 끊었거나, 조만간 끊을 예정에 처해있다.

 핸드폰 번호가 없으면? 신용카드를 못 만든다.
 소매 매장 대부분이 키오스크를 통해 신용카드로만 주문을 받으니, 따라서 갈 수 없는 매장이 대부분이다. 일종의 문전박대를 당하는 상황. 그렇기 때문에 대부분의 사람들이 카드 빚이 쌓이는 등 어떠한 상황에서도 핸드폰은 끝까지 유지하며 살아간다.
 하지만 철이는 그렇게 하지 않았다. 산초도. 진정으로 알바에 의지해 살아가는 대부분의 20대들이 그렇다.

 우리 알바생들은 최소 요금이 매달 6만원에 육박하는 비용을 감당하기엔 벅차다.

 6000원이면 모를까. 내친김에 SNS도, 앱도 다 지워버렸다. 지하철 노선, 버스 시간은 표지판 보면 되고, 맛집 검색은... 어차피 외식 할 돈도 없다. 이러고 나니 깨달아 지는 게 있다. 절대 불가능하다고 생각됐던, 핸드폰 없는 삶이 가능하다는 것. 이 상태, 엄청난 해방감 마저 든다. 물론 대부분의 경우에 일을 죽을 만큼 번거롭고 힘들게 만들지만...

 이제 철이는 핸드폰을 손바닥 만한 노트북 들고다니는 셈치고 갖고 다닌다. 필요 할 때, 필요 한 것 만큼만 찾아서 보는 수동적 도구. 대부분은 글쓰는 노트 용도다.

 화면의 텅 빈 메모장을 한참 쳐다보고 있는 철이.

 글을 써야하는데...

 글쓰기라는게 참, 막 쓰고싶다고 써지는 게 아니다. 여유가 있어야 하고, 마음의 온도가 맞춰져야 글이 써진다. 이걸 저주라 해야하나, 마법이라 해야하나... 아니다. 단지 나 개인에 한해서, 그냥 내가 이렇게 생겨먹은 걸 지도 모르겠다.
 어쨌든, 적절한 분위기가 갖춰 질 때야만 이게 된다. 나는. 다 큰 어른이 되가지고 이게 뭐하는 지경인지... 미치고 팔짝 뛸 노릇으로 보이겠지만, 글쓰는 당사자에겐 생계가, 목숨이 달린 문제다. 이런 자신을 애기 달래듯이 보드랍게, 뽀송하게 달래주면서 놀아줘야지 될 일이 되게된다.
 덕분에 오늘도 앉은 자리에서 바라보이는, 스크린에 틀어진 서부 영화를 보고있다.

 저렇게 일 주일 째, 똑같은 영화가 계속되는 중이다.
 귀찮거나, 아니면 신경을 안쓰거나의 둘 중 하나. 저게 좋아서 저러고 있는 건 절대 아닐 거다. 이곳 분위기상 맞지 않다.

 같은걸 계속 반복해서 보다보니, 흐름상 어디서 뭐가 나오고 어떻게 진행되는, 영화의 구성 요소들까지 외울 지경이다. 영화의 내용은 대략 다음이다.

 인디언의 반격이 정점을 치던 서부의 암흑기. 인디언에게 사냥당한 서부 개척민들의 머릿가죽이 벗겨지던 시절이다. 외따로 떨어진 한 마을이 인디언에게 포위당하기 직전이다. 큰 마을을 향해 떠나는 마지막 급행마차에 올라타는 각양각색의 등장 인물들. 마차는 출발하고, 이들이 큰 마을에 도착할 때 까지 인디언에게 습격당할 위기는 계속 조여든다. 이야기는 인물들이 하나씩. 장렬히 죽으며 마침내 큰 마을에 도착하고, 진짜 악당과의 최후의 결투가 벌어진다. 그리고 주인공의 승리. 갱생한 주인공이 사랑의 도피에 성공한다는 해피앤딩이다.
 오늘의 스크린에 흐르고 있는 부분은 비교적 시작 지점.
 출발 직후, 불안하게 서두르는 마차를 가로막는 한 남자. 주인공이다. 그는 악랄한 총잡이로 소문난 악당. 때마침 그 길목을 지나고 있었다... 현상수배중인 주인공을 알아보고 경악하며 쳐다보는 일행들. 그가 씨익 미소짓자, 살짝 드러난 금니가 반짝 빛나는데...

            - 띠링

 새로운 메일이 왔다는 알림음. 무심결에 확인을 누르면,

...축하드립니다, 귀하는 이번 아프리카에서 진행되는 재건 프로젝트에 한국 지역 인원으로 선발... 이건 지난 주에 산초랑 지원했던거 아냐??
 잠시 멍찐 상태에 빠진 철이. 순간, 메신저 상의 무료전화가 걸려온다. 받기 버튼을 누르면, 화면 위로 떠오르는 산초의 상기된 얼굴. 흥분된 목소리가 시작된다.

*

 아프리카로 떠난다.

 철이와 산초 둘 다 선발됐다. 메일에 적힌 출발 일정이 내일 오후로 되있다.
 모든 게 너무 갑작스럽고 급하다. 의심이 안 생길 수가 없다.
 그러나 이 프로젝트에 선발 됐다는 것만으로도 기적이나 다름 없는 상황. 집에 돌아오자마자 짐부터 싼다. 이래서 사기를 당하는 사람들이 한결같이 '그때는 어쩔 수가 없었다'라고 하나보다.

 6개월간, 생활에 필요한 모든 게 제공된다고 했다. 스포츠 백 하나에 간단한 세면도구, 속옷, 꼭 가져가야 할 물건들 몇가지만 담는다.

갈준비를 끝내고, 더는 할 일이 없어져서 자리를 깔고 누운 다음에야 선발 안내문을 좀 자세히 들여다본다.

 "여기서 보고 듣고 경험한 일은 기업 비밀이니 업무 중이나 업무 후에 제3자에게 발설하면 손해배상이 청구됩니다. 이건 좀 걸리지 않아? 무슨생체실험하는것도아니고."
 쭉 읽던 철이가 말한다. 말없이 보기만 하는 산초. 아까부터 저렇다.
 "결국엔 죽어도 우리 책임이니까, 오려면 오고 말려면 말아라 인 거겠지. 이런거, 익숙하잖아~"
 어째 철이가 더 적극적이다. 이 기회를 놓칠 수 없다.
 "참, 너 아빠한테 얘기 했어?"
 문득 던진 질문에 갑자기 표정이 어두워지는 산초. 고개를 젓는다.

 "일단 눈좀 붙이고, 아침에 일어나서 다시 생각하자고. 너무 피곤하면 오락가락 할 수도 있으니까."
 저녁 늦게까지 갑자기 너무 설쳤더니, 졸음이 몰려온다.

　　　　　　　철아, 철아...

 꿈결처럼 들리던 소리. 산초가 깨우는 소리였다. 시간을 확인하면, 새벽 4시다.

"지금 가야 돼."
 손가락을 들어올리며 주의를 주는 산초. 일어나 가려는 걸 철이가 붙잡는다.
 "왜... 무슨일 있어?"
 잠에서 깬 정신을 차리려고 애쓰는 철이. 생각을 제대로 하기 어렵다.
 "다들 완전히 자고있을 때야. 조용히 나 따라와."
 이제보니 짐이 든 스포츠 백까지 둘러멘 상태. 보아하니 잠을 한 숨도 안 잔것 같다. 할 수 없이 일어난다.

 어둑한 거실.
 앞장 선 산초가 오라는 손짓을 날리면, 까치발로 살금살금 방 문을 나서는 철이. 안방 앞을 지나 현관에 도착하면, 신발에 살며시 발을 집어넣는다.
 밖으로 나서서 문을 닫자, 띠리릭- 도어락 잠기는 소리가 난다. 이건 어쩔수가 없다.
 잠시 멈춤상태로 집 안의 소리에 귀를 기울이는 산초. 아무 소리도 없는 걸 확인하고 안도의 표정을 짓는다.

 "꼭 이렇게까지 해야 하는거냐?"
 집 밖에서 안방 창문을 확인하는 산초에게 속삭인다.
 대답대신 다됐다는 듯 철이를 툭 치는 산초. 조심스럽게 집 근처를 벗어난다.
 버스 정류장을 향해 걸어가는 둘. 이제 인천공항행 버스를 타면 끝난다.

 새벽을 질주하는 고속버스 안.
 밖으로 빠르게 흘러가는 고속도로의 단조로운 풍경이 계속된다. 창 쪽으로 고개를 돌린채 말이 없는 산초. 어쩐지... 울고 있는 것 같다.

 "아까는 미안, 이래야 여기로 다시 안올 수 있을 것 같아서."

 진정이 좀 됐는지, 산초가 말을 꺼낸다. 어쩐지 미안해지는 기분. 뭐라고 해줄 말이 없다. 그저 조용히 바라봐주는 것 밖에.

*

 왼쪽 발치의 1m로 쌓인 서류 더미를 곁눈질하는 Z.
 초고속으로 프린트 해서 준비해온 200개의 서류들이다.
 호오, 저러니까 꽤 엄청나 보이는데?

 "여기 모이신 분들은... 수몰지역 재건 프로젝트 참가자라고 되어있는데, 아프리카로. 맞나요?"
 3년차 항공사 사무 직원의 고객 클레임 응대로 단련된 성량을 한껏 과시하듯, 쭉 뻗어나가는 목소리.
 눈앞에 펼쳐진, 대기실 의자에 앉아있는 200명의 모습들은... 어딘지모르게 비슷한 옷차림에 비슷한 표정들이다.
 음, 가족같은 분위기인데?... 보아하니 내가 끌어줘야지만 움직이겠군.
 빨리 해치우자.

 1시간 전, 난데없이 공항 관리소장을 통해 협조 요청이 들어왔다.
 이 아프리카행 특별기편에 탑승할 200명의 한국 손님들에게 계약서에 서명을 받는 작업을 좀 도와달라고. 경험상 상황이 제법 급박할 것 같아서 막 뛰어와보니, 이미 200명 전원이 다 도착해서 대기중이다.
 이건 좀 도와주는게 아니다. 미친듯이 도와야 한다.

 "시간이 없으니까 제 말에 그대로 따라 주세요. 먼저 여자분들 앞쪽으로 나오시고요, 맨 앞쪽부터 순서대로 관리번호가 부여됩니다. 계약서 옆으로 전달할 건데, 위에서부터 차례대로 한 부씩 가져가세요. 펜이랑 같이. 자, 갑니다~"

 회색빛깔의 일행 사이로 계약서가 손에서 손으로 넘어간다.
 조용한 가운데 계약서 종이를 넘기는 소리들...

 "다 하신분은 그대로 계시고요, 지금부터 5분 드리겠습니다. 5분 후에 맨 끝에서부터 자기 서류를 아래로 쌓으면서 옆으로 전달하세요."

 자연스럽게 학교 시험시간이 떠오르는 상황. 심지어 앞에 서있던 직원이 의자 사이 통로를 천천히 걸어다니며 확인을 한다...
 저 직원이 등장해서 여기까지 오는 데 고작 20분 걸렸다.
 모든 게 질서 정연하게 척척 실행되는 모습이, 지시하는 사람이나, 지시를 따르는 사람이나, 로봇을 연상시킬 정도로 박진감이 넘친다. 굉장히 통제가 잘 되는 효율적인 사회. 어쩌면 한국은 다가올 22세기의 진정한 사이버 펑크의 나라가 되는게 아닐까?...
 뒷자리에 앉은 철이. 이 광경을 쳐다보며 멍 해져서 있는데, 옆에서 다 쓴 산초가 옆구리를 툭 친다.
 아, 정신 채려야지. 사인부터 제대로 하자.

 곧이어 뒤쪽으로부터 다시 옆에서 옆으로 전달되는 서류들. 게이트 문이 열리고, 탑승이 시작된다. 모든 사람들이 숨소리조차 내지 않는다.
 어쩐지 이사람들, 준비가 된 것 같다. 죽을 준비가...

3장. 체크메이트

아프리카에 무사히 도착한 한국인 200명.
 공항 직원의 안내에 따라 활주로에서 대기하던 10개의 버스에 20명씩 팀을 나눠 올라탔다. 산초와 철이가 속한 곳은 한국 6팀이다.
 울창한 정글을 지나다 보면, 어느순간 눈앞에 펼쳐지는 바다.
 버스 내 안내방송이 시작된다. 사파리 투어같은 기분이다.

 이 지역은 이상 기후로 인해 극단적으로 강이 범람해 바다처럼 거대한 호수가 생겨났다.
 원래는 큰 강이 굽이굽이 흐르던 이 지역의 곡창지대였다.
 작업장소는 호수 한복판. 여기서는 보이지 않는 곳에서 댐 공사가 진행 중이며, 거대한 댐을 지어 비대해진 물길을 틀어막고, 다시 드러난 원래의 땅에 수몰된 원주민 마을을 재건하는 작업을 여러분이 하게 된다고...

 물 위로 설치된 진입로를 따라 안쪽으로 몇 km 정도를 들어가면, 부표를 붙여 만든 너른 광장이 나타난다. 네모난 와플 패턴에 짙은 회색빛을 띤 부표 조각들로 금속성의 우주선 데크가 펼쳐진 듯한 풍경.
 마침내 멈춰서는 버스. 목적지에 도착했다.

버스에서 내리면, 찜통같은 열기로 숨이 막히는 기분. 적도 부근의 정글이라는게 제대로 실감난다.
 철이 일행을 맞이한 건, 세탁기 정도 크기의 네모난 로봇 한 대다.
 뭔가 시끌벅적 복잡하게 엉킨 참가자들에게 소리지르는 진행 스탭들의 장면을 예상했었는데...
 음, 이건 신선한데?

 자신을 한국 6팀 관리로봇 이라고 소개한 후 미끄러지듯 일행 사이로 이동한다.
 인적사항을 확인하고, 근태 관리용 이라며 휴대폰 같은 단말기를 나눠준다. 앞으로 목걸이처럼 항상 차고 있으라고 한다. 그리곤 각자의 소지품과 가방들을 수거해간다. 돌아갈 때 그대로 돌려준다고 하면서.
 그리고 나니 진정으로 몸 하나만 남은 상태. 이제 완전히 되돌아갈 수 없는 강을 건넜다는 기분이 든다.
 준비가 끝나면 따라오라며 앞장서서 출발하는 관리로봇. 부표 바닥 위로, 선과 번호로 구역 표시가 나눠진 길을 따라 걷다 보면, 공터의 한 지점에서 멈춘다.

 - 여기가 한국 6팀의 숙소입니다. 이제 단말기 화면의 가이드 영상을 따라서 숙소 조립작업을 하시면 됩니다.

 테니스장 크기만한 공터 한쪽에 재료로 보이는 물건들이 가지런히 놓여있는 모습.

'8000천 명이니까, 이런 숙소가 400개 모인 규모다...'

 문득 아까 내린 쪽을 돌아보는 철이. 도착한 버스에서 내리고 이동하는 수많은 참가자들이 보인다.
 아프리카 정글 한 복판. 이 모든 시설과 장비들이 여기 존재하는 건, 인공지능 로봇 기술이 실현한 기적같은 일일 것이다.
 냉장고처럼 한쪽에 말없이 선 로봇. 모두들 일 하라는 얘기로 알아듣는다. 이런 작업 상황은 다들 익숙하다.
 각자의 단말기에 떠있는 영상을 보며 말없이 뚝딱뚝딱... 영원처럼 느껴진 두 시간 가량의 찜통 속 작업. 그렇게 완성된 건, 전염병 진료소같은 모습의 텐트다.
 내부는 군 막사 형태. 한 명당 간이 침대와 사물함 한 세트, 열 명이 통로를 사이에 두고 마주보고 있다.
 실내 습도와 온도가 완벽하게 쾌적해지며 모두의 입에서 감탄사가 튀어나오는 상황. 분명 여기엔 첨단 기술이 작동 중이다. 양 끝쪽으로 넉넉히 배치된 화장실, 세면장, 샤워실까지... 한 텐트 안에 알차게도 갖췄다. 가이드에 따라 조립했을 뿐인데, 두 시간 만에 이 모든 걸 완성해 버렸다. 이런 것 또한 첨단 기술이 작용한 마법같은데...
 뭐가뭔지를 모르니까 잘 해놓고도 불안한 기분이다.

텐트 가운데로 모여 선 참가자들. 그들 앞, 이제 좀 익숙해진 네모 로봇을 뚫어져라 쳐다본다.

- 3901번

음성과 함께, 로봇 정면이 드라마틱하게 갈라지며 밖으로 반 쯤 삐져나오는 식판. 일행의 시선이 순간 집중된다.
정확히 네 칸으로 나눠져 담긴 식사의 모습. 빵 한 덩어리, 어묵같은 덩어리 하나, 채소류로 보이는 푸릇한 덩어리, 그리고 물이 담긴 그릇이 각각 한 칸씩 차지한다. 그리고, 아무 것도 없이 허전하다.
직전, 자신의 뒷면에 달린 배관 앞에서 차례차례 손을 씻게 했던 로봇.
그 이유가 손으로 먹으라는 거였다...
관리로봇의 추가 설명에 따라 각자의 단말기 화면을 눌러 프로필 정보를 확인하는 참가자들. 지원할때 제출했던 증명사진과 개인정보 아래로 배정받은 식별번호가 있다. 앞으로 이 번호로 부른다고 한다.
이건 뭔가... 감옥 같지 않나?
하지만 배고픈게 먼저다. 6팀의 첫 번째, 3901번이 나서서 식판을 받아들고 자기 자리로 간다. 번호 순으로 이어지는 배식. 철이는 3915번, 산초가 그다음 3916번이다.

침대에 걸터앉아 묵묵히 손으로 식사를 하는 참가자들.
 사연이 있는 것처럼 분위기가 무겁게 쳐진다. 아마 다른 399개의 텐트 안 풍경도 비슷할 거다. 6개월 간 해외로 나가 목돈을 번다는 건, 그만큼의 위험까지도 감수했다는 뜻. 갈 데까지 간 막장 인생이라는 소리다.
 100대 1의 경쟁률을 뚫고 인생 역전의 기회를 잡았다고 한들, 그 사실이 달라지는 건 아니다. 아마 게임이 끝나는 순간, 돈 가방을 들고 집으로 돌아가는 그 순간이 되서야 한숨쉬듯 웃을 것이다. 철이도 그렇고 산초도 그렇다. **쩝쩝 쩝쩝...**

 정신을 차리고 보니, 어느새 식판을 다 비웠다.
 무슨 맛인지도 기억 안나는 신기한 상황. 그렇게 배가 고팠었나?... 정면 덮개를 활짝 연 상태로 서있는 로봇에게 다 먹은 식판들을 반납한다.

 - 잠시 후 프로젝트 주최자의 환영사가 있을 예정입니다.

 이제 관리로봇이 자신의 위쪽으로 홀로그램 영상을 띄워놓는다. 아직 사람은 없고 빈 단상을 비추고 있다.
 알바를 하며 다양한 로봇들을 겪어온 철이. 이렇게 창의적으로 기능하는 멀티 로봇의 존재는 처음이다. 아마 다른 참가자들도 똑같을 것이다. 마치 외계 문명을 접하는 것 같은 기분. 이래서 여기에서의 일들을 비밀로 하려나 보다. 여기

도착한 이후 처음보는 로봇과 인공지능 기술들을 계속 목격한다는 느낌이 든다.

 그러고보니 비행기에서 내린 후 지금까지 직원으로 보이는 인간은 단 한 명도 못봤다.
 뭐, 전부 로봇으로만 운영되는 무인 식당도 흔해진 마당에 놀랄 일은 아니다. 분명 근처 어딘가의 운영 본부 사무실에 모여있겠지. 로봇들이 일하고 있다는 건, 어디선가 인간 관리자가 앉아서 지켜본다는 말과 같다.
 전 세계 동시개봉이라도 하듯, 인간의 일상에서 로봇이 전격적으로 활동을 시작한 해인 2029년. 그 해 말에 제정된 로봇 특별법이 그렇게 돼 있다.

 밥먹고 기운이 난 듯, 처음으로 웅성거리는 소리가 들려온다.
 침상에 비스듬이 기댄 채 멍 하니 홀로그램을 바라보고 있으면, 사파리 복장에 모자까지 제대로 차려입은 중년 남자가 등장한다. 뭐야, 동양인이네?
 이어 시작되는 인사말. 화면 속의 입모양과 들리는 소리가 일치한다.
 ...한국말을 하고 있다...

 M이란 이름. 홀로그램의 인공미 넘치는 화질때문에 각진 얼굴을 한 로봇으로 보인다.

"수몰된 원주민의 터전을 재건하는 일에 용기를 내신 여러분을 환영합니다. 댐, 제방, 거주지 건설 등 큰 작업은 전부 로봇이 하니까 잼버리 캠핑활동 정도로 생각해 주세요."

 억양이 단조로운게, 목소리마저 로봇 같다. 어쩌면 이곳에 있는 관리자는 저 사람 혼자 일지도 모르겠다는 생각이 든다. 필요없는 인력을 제거한 최적화의 끝에 자기만 남은 거다. 아니, 그 마저도 완전히 다른 장소에서 원격 명령만 내리고 있을지도. 게임하듯이 말이다.

 "두 가지만 주의하세요. 취침시간 중, 기상 전 시간의 소속 구역 무단이탈 금지. 스케줄 이외의 개별 행동 금지. 위반 적발이 3번을 넘기는 분들은 페이 없이 추방됩니다. 단말기로 자신의 스케줄을 확인해주세요. 이상."

 홀로그램이 꺼지면, 뭔가 얼떨떨한 기분. 일단 시키는 대로 각자 단말기를 들어 확인한다.
 화면에 떠있는 몇가지 메뉴. 그 중에 -내 일정- 으로 들어간다.

 오늘은 휴식, 식사, 취침뿐이고, 내일부터 작업일정이 포함된 본격적인 시작이다. 그런데 이게... 매일 반복이네?
 식사, 작업, 아니면 휴식. 단순해서 좋긴한데, 작업을 뺀 모든 시간을 텐트 안, 혹은 자신의 침대 위에서만 보내게

된다는 말.
 이렇게 6개월이라니... 이제야말로 진짜 감옥같다.
 알바와 고시텔을 오가는 생활도 공간과 활동이 철저하게 제한됐으니까 어떻게 보면 감옥이나 다름없기는 하다. 그렇다 하더라도, 나만 이 상황이 신경쓰이는 걸까?
 옆자리를 보면, 이미 자고있는 산초. 다른 사람들도 대부분 거의 반쯤 잠으로 빠져든 상태다. 감옥이고 뭐고 다들 귀찮은 것 같다. 앞으로 함께 먹고 자고 일하며 6개월을 같이 지낼 사이인데, 이렇게 인사도 없게 될 줄이야...

 침대와 한 세트로 연결된 사물함을 잠시 바라보던 철이.
 배게를 사물함 쪽에 기대어 등받이처럼 만들어 작업할 자리를 잡아본다.
 다시 단말기를 켜고 기능을 확인하면, 인터넷 연결이... 된다. 이메일도 들어가 진다. 핸드폰 처럼 스크린 키보드 기능도 되고.
 이러면 여기서도 글쓰기를 할 수 있다. 겨우 마음이 놓인다.
 저녁 식사 전까지 잠깐 눈 좀 붙일까?

 14시간의 비행. 아직 시차적응이 안된 듯, 온 몸이 젖은 이불같다.

끼이이익... 끼이이익...

부표의 이음매가 내는 희미한 울림. 이곳에 첫 발을 디딜 때부터 존재했을, 아래쪽에서의 수면의 흔들림이 느껴진다.
 이제야 이걸 알다니, 자신도 모르게 긴장했었나보다. 도착한 직후부터 지금까지 한 치 앞을 알 수 없는 상황의 연속. 그저 관리로봇의 지시에 따라 계속 움직였을 뿐이다. 심지어 내내 함께했던 산초와 단 몇마디 조차도 하지 않았고...

 ...도대체 M이란 사람은 정체가 뭘까? 어쩐지 외국인이 한국말을 하는 것 같은데...

 조금씩 아득해지는 생각. 어느 순간, 줄이 끊어진 것처럼 끝도 없이 추락한다...

                             *

 호수 한 복판.
 부표로 만든 짙은 회색의 고속도로 위, 흐릿한 회색의 줄이 끝없이 늘어서 있다.
 머리에서 발끝까지 회색으로 통일된 스타일. 긴팔 점프수트에 부츠. 챙있는 모자, 그리고 모자로부터 목까지 드리우는 해가림 용 망사까지, 제법 완전 무장을 했다.

포켓 부분에 명찰처럼 붙어있는 식별번호. 철이와 산초가 줄이 끝나가는 지점에 서 있다.

 아프리카에서 맞이한 첫 아침. 첫 작업을 시작하기 전, 이 작업복장을 나눠준 관리로봇.
 우주복 만드는 기술이라도 들어간 듯, 오전 9시부터 찜통인 이 더위를 제법 버틸만 하게 해 주고 있다.
 그렇지 않아도 모두들 집에서 입고 온 옷을 입은 채로, 밖에서 어떻게 작업을 해야 할 지 걱정하고 있던 차다.
 철이에게 각별한 옷, 점프수트. 어떤 어려움도 헤쳐나갈 수 있을 것 같은 용기가 생겨 항상 입는 스타일. 여기까지 입고 왔는데, 작업복으로 또 받았을때 쓴웃음을 지었다. 더구나 물빠진 청바지 같은 흐릿한 회색도 맘에든다. 내가 여기 온 건 운명인걸까?

 관리로봇의 설명에 의하면 작업은 3곳에서 진행된다.
 재건 작업에 쓸 재료를 생산하는 공장, 지금 철이가 서있는 재료 운반 라인, 그리고 나머지는 마을 공사 현장에서다. 우선은 번호 순으로 배정되며, 2개월이 지나면 작업 속도 기준으로 분류한 나라별 상위그룹과 하위그룹이 자리를 바꿔 다른 쪽의 일을 한다. 따라서 어떤 경우엔 3가지 작업을 다 경험할 수도 있다고... 작업 효율을 높이기 위해 그렇게 한다고 한다.
 철이와 산초가 서 있는 곳은 운반 라인의 끝부분.
 여기서 끝나는 지점까지 50m 정도가 경사로로, 10m 높이의 차수벽의 언덕 꼭대기를 넘으면, 공사 현장을 향한 내리막이다.

 차수벽은 직경 500m의 원형으로 둘러쳐져있다. 이 호수에서 유일하게 높이 솟아있는 지형지물. 언덕처럼 보인다. 이 호수의 수심이 대략 10m 정도라, 공사 현장도 10m 아래. 저 언덕 꼭대기에서 공사현장까지는 20m, 6층 높이에서 내려가게 된다는 말. 혹시나 이 지역에 더 많은 비가 내려 수심이 더 깊어질 경우를 생각해서 넉넉히 잡았다고 한다.

 텐트 대신 3D 프린팅 머신들이 줄지어 있는 재료 공장.
 거기서 찍어낸 벽돌을 받아 내는 사람들에서 시작한다. 이어져온 참가자들의 긴 줄은 언덕을 넘어서는 순간, 다른 나라 참가자들로 바뀐다. 언덕 너머가 어떤 모습일지 가서 보고싶은 마음이 굴뚝같지만, 작업지 이탈 금지다.
 뭐, 2개월 후면 저 너머로 가 볼 수 있다니까, 그때 가면 알게 되겠지…

 손에서 손으로 전달되어 오는 벽돌.

 말로만 듣던 건축용 3D 프린팅의 결과물. 이곳 토양을 녹여서 만든거라고 한다. 단말기에 탑재된 인공지능에게 심심해서 이거저거 물어보니, 많은 것들에 대해 자세히 알려줬다.
 가로세로 30센티에 두께 10센티. 보통 벽돌보다 훨씬 가볍다. 이게 재건할 마을의 바닥에 깔린다.
 그렇다. 우리가 여기서 하는 일이란 물건을 이렇게 인간의 띠를 만들어 날라다 주는 일이다. 실로 구석기 시대적 방법이 아닐 수 없다. 여기 온 모든 참가자들에게 주어진 작업이 전부 다 이렇게 손으로 나르는 일 뿐이라는 건, 사실 좀 충격적인 일이다.
 뭐, 이러나 저러나 6개월 지나서 받을 돈 받으면 끝이다.

 옆으로 옮겨가던 벽돌이 언덕 너머로 사라지면, 또 다른 벽돌이 온다.

 그리고 여긴 사각지대라곤 없다.
 광활한 호수 위에 떠 있는 인공의 벌판.
 차수벽으로 가려진 공사 현장은 빼고, 부표로 만든 거대한 체스판 처럼 모든 게 평면 위의 말처럼 존재한다.
 텐트에서 여기로 걸어오면서 작정하고 찾아보는 데도 인간 관리자의 모습이 단 한 명도 없다. 어제 본 그 주최자라는 인간도 여기 없을거란 의심이 점점 커져간다.

 생각을 굴리는 사이 벽돌 하나가 또 지나간다.

 그러고보니 또 이상한게 있다.
 주위의 아무도 아무런 말을 하지 않는다.
 철이야 생각 속에서 이러는게 일상이라지만, 옆에 산초도 멍 하니 앞을 응시하며 말이 없다.

바라보이는 풍경은 호수의 텅 빈 수평선 뿐.
 건설 현장에서 알바했던 기억을 떠올려 보는 철이. 동네를 갓 떠나 노숙 하던 때. 가장 힘들었을 때였다. 쫄쫄굶은 상태로 길가던 시선에 일당잡부 간판이 눈에 들어왔다.
 후줄근한 옷차림 남자 대여섯 명과 승합차를 타고 바닷가 같은 곳으로 갔다. 무슨일을 했는지 전혀 기억나지 않는데, 딱 하나. 태양이 가장 높이 뜰 때 쯤, 그늘로 들어가서 빵하고 우유를 먹고 낮잠을 잤던 건 기억난다.
 그 후로 두번 다시 안 한 이유가 지겨워서 였는데, 6개월 짜리를 아프리카 까지 와서 하고 있다니... 사람 일이란 참 모를 일이다. 여튼 이 일은 말 수를 줄이는 힘 같은 게 있다.

 지나온 알바의 여정들을 떠올려보는 철이. 갑자기 외마디 비명소리가 들린다. 언덕 위쪽인데, 설마... 싸움이 난 건가?
 말릴 새도 없이 뛰어가는 산초. 참가자들 사이에 섞여 우르르 몰려간다. 이 도로에서 20인승 버스 두 대가 각각 왕복으로 다녀도 끄떡 없는 걸 직접 봤으니 바닥 꺼질 걱정은 안드는데...
 가볼까 하다, 그냥 자리에 있기로 한다.
 이번에야말로 인간 관리자가 나타날까? 생각하며 텐트쪽 방향을 살피는데,

 "어?! 하늘봐봐, 하늘!"

위쪽을 보면, 공중으로 드론 한 대가 접근 중이다.
 승합차 만한 게, 잠자리처럼 소리도없이 날아오는 모습.
 언덕 너머의 허공에 멈춰서더니, 바닥 부분이 양 옆으로 갈라지며 열린다.
 안에서 촉수같은 고리들이 튀어나와 아래쪽의 사람을 붙잡아 끌어 올리는 모습. 두 개의 회색빛 점프수트 덩어리가 끌려 올라가 드론 안으로 사라지면, 바닥을 닫고 어디론가 **훌쩍** 날아간다.
 저런 건 본 적이 없다. 크기가 저정도 되면 더 시끄럽고 무겁게 날아야 한다. 게다가 인간 조종사도 없는 것 같다. 스스로 움직이는 로봇 비행체 같은데... 미래에서 온 것도 아니고, 뭐지??

 상황이 끝나자, 공사 현장 쪽에서 로봇이 한 대 올라온다. 휴머노이드 타입 로봇. 참가자 평균 몸집 정도의 크기에 금속성 부품이 그대로 노출된 외형, 계란형 머리에 눈처럼 두 개의 렌즈가 달렸다. 저런 게 공사 작업을 하는 로봇인가?

 - 자기 위치로 돌아가세요. 폭력 행위시 즉각 추방입니다.

 참가자들이 제 자리로 돌아가면, 잡혀간 사람의 빈 자리에서는 로봇. 멈춰진 재료 운반이 다시 시작되고, 그대로 대신 작업을 한다.
 사람이 빠지면, 저런 식으로 채우나보다...

문득 이 체스판 같은 상황도 그렇고. 모든 게 장난감처럼 조종당하고 있는 것 같다. 게임 처럼. 설마, 그 M이라는 주최자가 이런 식의 게임을 즐기는 건 아니겠지?

 "...한국 다음이 북한이야."

 돌아온 산초의 첫마디. 못 볼걸 본 사람처럼 창백하다.

 "그럼 싸움 났다는게..."
 "먼저 시비 걸었는데, 기분나쁘게 쳐다본다고."

 설마 북한에서도 올 줄이야...
 나라별로 200명이 비행기 한 대에 타고 온다. 한국 지원자들 번호가 3801번에서 4000번까지니까. 4001번에서 4200번까지가 북한이라는 소리. 저 언덕 너머, 공사 현장 시작 부분에 서 있는 참가자들이.
 저쪽도 성별을 분리했다면, 여자가 앞일텐데...
 뭐, 이쪽이나 저쪽이나 똑같이 돈 벌러 왔을 뿐이다. 끌려나간 사람이 두 명 뿐이란 것만 봐도 알 수 있다. 주변에서도와 패싸움으로 번지지 않았다.
 하지만 긴장이 되는 건 어쩔수가 없다. 서로 말이 통하니까 더더욱. 제발 아무 일 없이 6개월이 지나가야 할 텐데...

*

일 주일이 흘렀다.
 매일 아침 일어나 작업구역으로 이동, 오전 8시부터 10시, 오후 4시부터 6시.
 무더운 시간을 피해 두 시간 씩, 두 차례 작업을 한다. 제자리에 서서 전해져 오는 물건을 한쪽에서 다른쪽으로 옮긴다. 사료같은 세끼 식사가 제공되고, 일과를 마친 후엔 텐트 안에서만 보낸다.
 이렇게 일 주일이 같다.
 생각지도 못할 방법으로 자연에 더 가까워 진 느낌이다. 자연을 살아가는 동물들에게 딱히 평일과 주말의 구분이 있지는 않을테니 말이다. 심지어 여긴 일년 내내 한 여름이니, 계절 구분까지 없다.
 시간이 갈 수록 다들 무기력해지고 그늘져가는 참가자들. 이런 게 감옥에서의 분위기일까? 아니, 이건 다르다. 마치 사육장을 연상시킨다...

 로봇이 일하는 모습이 궁금해 재빨리 언덕 끝에 올라가서 본 건, 벽돌로 만들어진 고대 도시 같은 풍경이 시작되고 있었다.
 확실해 진 것 하나. 여기는 100% 로봇에 의해 관리되고 있다. 감시카메라 대신 정찰 위성같은 걸로 이 전체를 감시 중이고. 아마도 참가자들이 목에 항상 걸고다니는 단말기가 각각의 식별 포인트일 것이다.

이 실험같은 상황 속에 처한 우리는 계약상 이곳에서의 일을 다른 곳에 가서 발설할수 없다.
 저런 계약 조항이 있는것도, 주최자의 존재도, 시간이 흐를수록 모든 게 의심되기 시작한다.
 무슨 일이 생길 것 같은 불안함이 점점 커지는 중이다.
 그래도 이상기후 때문에 살 터전을 잃은, 최악 피해 지역을 돕는 일이 맞기는 맞는 것 같다. 당하는 입장에서 실험체 처럼 느껴지는 이런 방식들 마저도 효율성 측면에서라고, 이해하려고 노력한다.
 거의 기계를 다루는 것에 가까운 효과적 관리 방식을 택한 것이라고... 이런걸 보면 인간은 참 적응력이 뛰어난 동물이다.

    로봇 지시만 잘 따라 6개월 지나면 3600만원이다.

 아마 여기온 40개국, 8000명들의 머릿 속엔 저 한 줄만 있을 것이다.
 돈 때문에 목숨 걸고 모여든 절박한 인생들. 모두 돈 받을 생각 하나로 버티고 있다. 여기서 나가면, 다시는 돈 때문에 뭘 하지 않겠다고 다짐하며...

        *

30일째 아침.
 한 달이 지났다. 오늘도 비가 내린다.
 갑자기 천장의 LED 조명이 환하게 밝아짐과 동시에 클래식 음악 선율이 시작된다.
 아침 6시 30분이란 소리. 관리로봇의 기상 알람이다.
 베개를 세워 비스듬이 기댄 채 단말기 화면을 보고있는 철이. 이미 한 시간 전에 일어나서 뭔가를 하고있는 중이다. 정확히 말하자면, 썼던 작품을 기억으로 떠올리며 다시 쓰고있다.
 뭔가 쓰거나 읽지 않으면 불안해서 견딜 수 없어하는, 금단 증상같은 루틴 행동.
 작업 둘째 날부터 또다시 이러기를 시작 했다. 글쓰기를 달고 살며 얻은 직업병인 것 같다. 독서를 하거나, 새로운 걸 쓰기엔 도저히 기분이 아니어서, 어디서 들어봤던, 썼던 거 다시 쓰기를 하고 있다.

 첫 날 빼고 거의 매일 비가 왔다. 천막을 때리는 소리로 보건데 오늘이 최악. 거의 쏟아 붓는 듯이 내리고 있다.
 불어난 강물로 차수벽의 언덕 높이가 많이 줄어들었다. 이러다 모든 게 다 물에 잠겨버릴지 걱정이 시작 될 정도. 이렇게까지 비가 내렸으니, 이제 곧 끝나겠지.
 언제나처럼 옆자리에서 꿈쩍도 안하는 산초. 관리로봇의 배식이 시작되는 10분 뒤엔 일어날 수 밖에 없다. 모두가 항상 목에 걸고있는 단말기로 보내지는 가벼운 전류 자극이 그렇게 만든다.

줄서서 손을 씻고 번호가 불리면, 배식을 탄다.
 네 칸 식판 위로 변함없이 똑같은 빵 하나, 어묵 하나, 야채 하나 그리고 물.
 한 달 간, 세 끼의 똑같은 맛. 디지탈로 찍어낸 듯 똑같다. 철이가 곰곰이 곱씹으며 정리한 맛평은 다음이다.

 빵 - 달착지근한 옥수수향에 오트밀의 텁텁함이 느껴짐. 거의 식빵에 가까운 식감.
 어묵 - 짭짤하게 간이 되어있는 대체육. 단백질 약을 먹는 기분이 들어 가장 적응하기 어렵다.
 야채 - (철이 기준으로) 그나마 말린 풀을 뜯어먹는 듯한 게, 가장 무난함.

 물 맛은 생략하겠다.
 무인도에 떨어진 생존자 체험 컨셉의 식단. 언제나처럼 처절한 기분으로 마친다.
 이것들은 저 관리로봇 안에서 만들어 지는 것이 확실하다. 저 안에 일종의 자판기 기능도 갖춘 것이다.
 참가자들이 작업을 나가는 사이, 재료를 보충하러 보급 창고에 다녀오겠지...

 지난 한 달 간, 철이의 탐구 주제는 이 로봇들이 갔다오는 장소가 있다면, 도대체 어디인가? 였다.
 열심히 살펴봤다. 정글로 향하는 통로 쪽도, 어디에도 전혀 갈만한 데가 없다.
 거대한 호수 위에 떠 있는 부표. 그 위에 세워진 텐트들. 그리고 차수벽의 언덕 외엔 아무것도 없다.
 한가지 걸리는 지점은, 텐트 구역의 정 중앙에 네모난 뚫린 부분이 있는데, 그냥 똑같은 호숫물만 보였다.
 어차피 밖에 돌아다니지도 않으니, 참가자들을 위한 공원은 아닐테고, 저기에 400개의 관리로봇들이 오리처럼 둥실 떠서 뭔가를 한다고 생각하기엔 좀 무리가 있다.
 하지만, 그냥 자투리로 치기엔 올림픽 규격 수영장을 떠올리게 하는 모양새가 계속 걸린다. 저곳에 통로가 생긴다고 볼 수밖에 없는 상황이다. 흙탕물 밖에 없는 저 공간이 바뀌며 뭔가가 벌어진다...

 씻고 준비를 마치면 각자 자리에 걸터 앉아 관리로봇으로부터의 출발 지시를 기다린다.
 아프다거나, 할 말이 있는 경우 단말기로 해당 내용을 접수하면 처리해준다고 했다. 단, 일을 쉬거나 치료를 받는 등 비용이 발생할 경우 본인 월급에서 제하는 조건으로.
 그래서인지 여태 쉬는 사람을 한 번 못봤다.

 - 비상상황. 모든 참가자들은 자리에 누워 안전벨트를 착용하여 주십시오.

 갑자기 주위로 선명한 빨간 빛을 내뿜는 관리로봇 덕분에, 모든 사물이 빨갛게 보인다.

안전벨트라고? 웅성대는 소리. 처음 들어보는, 난데없는 멘트에 당황한 표정들이 역력하다.
 그들의 눈앞, 지극히 직관적인 동작을 반복중인 홀로그램. 안전 벨트 착용 방법이다.

*

"괜찮냐?"

 입술이 파랗게 질려있는 산초. 30분 째 꼼짝안하고 누워만 있는 걸, 철이가 안전 벨트를 풀어주러 왔다. 침대에 묶인 채 두 시간 가까이 요동치는 파도와 함께 해야 했다. 폭풍우를 만나 난파 직전의 위태로움을 버티는 선원이라도 된 것처럼.
 누가 말을 안해줘도 알 수 있다. 계속 내린 비로 저 위쪽 어딘가에서 만들고 있다는 댐이 터진거라는 걸...
 그렇게 거센 물살이 몰아치는 상황에서도 텐트 안으론 물 한 방울 들어오지 않은 덕분에 살 수 있었다. 침대에 난데없는 안전벨트가 있다는 거 하며, 아마 이런 극단적 상황까지 대비해서 만들었을 것이다.
 비가 그치고 해까지 뜬 지금. 거짓말처럼 모든 것이 조용하다. 몇몇 참가자들이 바닥에 나동그라진 물건들을 찾아 정리하기 시작한다.

"카스테라랑 초코우유..."

 산초의 첫 마디. 그거 먹으려면 여길 관두고도 비행기를 타고 14시간을 돌아가야 가능한 일 이란 거 잊었니?... 그래도 단말기를 두드려 찾아낸 사진들을 눈앞에다 보여주면, 그제서야 피식 쓴 웃음을 짓는다.

 "...죽는 줄 알았네. 무슨 꿈 속도 아니고, 현실에서 이렇게 멀쩡하다는 게 말이 돼?"
 맞은편의 한 아저씨가 다들 들으라는 듯 말한다. 함께 죽을 고비를 넘긴 탓에 뭔가 끈끈한 전우애같은 분위기가 생겨났다. 한국 국적만 같을 뿐, 나이도 사는 곳도 다 다른 참가자들. 그러고 보니 같이 지원한 친구 둘이 두 명 다 선발되서 같이 온 건 극히 드문 일인 것 같다.
 "뭐가 부서졌으면 다시 지어야 할 테니까, 여기서 몇 달 더 있어야 되겠네."
 "그런데 말이에요, 삼천육백은 좀 적지 않아요? 그냥 직장인 연봉정도잖아요."
 "우리 주제를 좀 봐요. 돈 백 벌기 쉬웠어요? 삼천육백이면, 10년은 모아야 모이는 돈이에요~ 난 돈 받으면 조그만한 가판대 하나 사서 평생 원없이 살거유."
 입터진 벙어리처럼 여기저기서 쏟아지는 말들. 각자 끝나고 돈 받아서 할 것에 대한 얘기를 떠들어댄다.
 어쩐지 멍 해져서 이야기들을 듣는 철이와 산초. 세상에는 자신보다 어렵게 사는 사람들이 정말 많을거란 생각을 하는데...

- 중요 공지가 있겠습니다. 주목해 주세요.

 순간 주변을 조용하게 만드는 관리로봇. 돌아보면, 어느새 홀로그램 영상을 띄워놓았다.
 단상에 서있는 주최자, M. 첫 날에 봤던 모습과 똑같다. 이제보니 인간이 아닌, 인공지능이 만들어낸 존재가 아닐까라는 생각이 스친다. 사이버 모델같은.
 극비 실험실에서 탈출한 최첨단 인공지능이 어느 외딴 섬에 아지트를 차려놓고 이 이상한 프로젝트를 벌이고 있는 거다. 인간에 대한 정보 수집을 위해서.
 어쩌면 우리는 인공지능이 만든 생동성 알바를 하고있는 걸지도...

 "여러분. 기상이변의 영향으로 이곳에서 8km 지점에 건설중이던 댐이 붕괴하였습니다. 그 결과 지금까지 건설중이던 모든 작업들이 홍수와 함께 쓸려갔습니다. 현 시간부로 이 프로젝트를 중단합니다. 참가자 분들께서는 돌아가는 비행편이 준비되는 순서대로 복귀하시게 됩니다. 앞으로 일 주일 내에 모든 분들이 각자의 집으로 안전하게 돌아가실 수 있도록 남은시간 최선을 다하겠습니다."

 "아니, 6개월이라고 했잖아요. 아프리카까지 사람 불러다

놓고 지금 장난하는 겁니까?"
 맞은편 아저씨 하나가 벌떡 일어나 홀로그램을 향해 소리친다. 400개의 텐트에서 이 세션에 동시에 참여하고 있음을 증명이라도 하듯, 소나기처럼 쏟아지는 각 나라별 언어들.
 홀로그램 속의 M. 일시정지라도 된 듯 눈 하나 깜빡이지 않고 그대로 서 있다.

삐이이이-

 갑자기 귀로 파고드는 날카로운 알람소리. 순간, 모든 이들이 귀를 틀어막는다.
 이럴수가, 이건... 경찰이 시위대에 사용하는 진압용 충격음파다...
 부상없이 뇌에 간접적 충격을 줘 시위대를 효과적으로 무력화 시키는, 이런 극단적인 방법을 쓰다니. 이곳에 대해 무의식중에 가졌던, 가정 상태의 공포가 완전히 현실이 된 순간이다.

"지금부터 소란을 일으킬 경우 추방조치를 취하겠습니다. 여기서 중단하는 것이 여러분의 안전을 위한 최선의 선택인 점 이해해 주시기 바라며, 항공편 안내가 있을 때까지 각자의 텐트에서 대기해 주세요. 혹시 질문 있으신 분?"
 군더더기라고는 1도 없는 날 선 진행. 신체적, 정신적 충격으로 인해 멍해진 참가자들로 텐트 안에 침묵이 흐른다.

제정신으로 돌아오려면 아마 5분은 더 있어야 할 것이다. 가위에 눌린 상태에서 벗어났던 기억을 떠올리며 열심히 발가락을 움직이는 철이. 효과가 있다.

"없으시면 이걸로 모든 일정을 마치겠습니다. 이상 총 관리자, M이었습니다. 그럼 남은시간 편안..."

"홍수때문에 살 수 없다면, 공중 마을을 만들면 돼요. 벌집의 벌꿀처럼 날아다니며 생활하는, 미래형 건축 프로젝트를 제안합니다. 남은 5개월. 저 로봇들과 우리 8000명이면 충분합니다. 아니, 제가 할 수 있습니다!"
 떠오르는 대로 막 지껄인 철이. 지난 7년간 완성한 작품을 거절 당해오며 갈고 닦은 비장의 기술. 로그라인 스타일 뻥카. 줄여서 로카를 썼다!
 수많은 원고 중 편집자의 눈에 들기 위해 짧은 시간에 모든 걸 담아야 한다. 그러다 보니 단 몇 줄에, 10초 정도의 시간 안에 모든 것을 담는 기술을 연마해왔다. 약간의 부풀림, 뻥이 그 핵심이다. 이런걸 여기서 써먹게 될 줄이야...
 자신은 그렇다 치고, 산초 때문에라도, 아니 여기 온 모든 불쌍한 인생들을 위해서라도 이렇게 돌아갈 순 없다.

"3915번... 작가이셨네요? 한국에서."
 잠시 뭔가를 확인하던 M의 시선이 철이를 똑바로 쳐다본다.

"난 3915번이 아니라 강철이라고 한다. 내 이름 기억해 둬. 만약에 이렇게 끝나서 제돈 못받고 돌아가게 되면, 우리를 여기에 가둬놓고 강요했던 모든 비인간적인 대우들 전부 고소할께."
 말을 마치며 텐트 안의 참가자들을 향해 꾸벅 인사를 하는 철이. 로카 다음 단계의 기술, 터치다.
 깜냥껏 결정권자의 감정을 건드리면 성공이다. 어떻게 꼬여먹은 인간들인지, 이딴식으로 재롱을 부려줘야만 반응을 하니까... 먹고살기 힘든 세상이 낳은 비장의 기술이다.
 잠시 사이를 두고 하나 둘 시작되는 박수 소리. 점점 들불처럼 번지는 박수와 환호성에 몸둘바를 몰라 얼굴이 벌개지는 철이. 역시, 이렇게 나대는 건 체질이 아니다.

"3915번에 반대하는 분 없으세요?"
 끝까지 번호로 부른다. 악질 로봇사장같은 놈.
"좋아요. 직접 만나본 후에 결정하겠습니다."
 기다리던 바다. 최소한 저 놈이 로봇인지 인간인지는 곧 밝혀지겠군.

*

타각. 타각. 타각...

걸음을 걸을 때 마다 바닥에 닿는 소리가 선명하게 들린다.
 머리 위 하늘 정 중앙에 위치한 태양 아래, 더위가 아지랑이처럼 피어오르는 모습. 언제 비가 내렸냐는 듯, 완전히 화창한 날씨다.
 단말기에 표시된 경로를 보며 텐트 사이 통로를 걸어가는 철이.
 짙은 회색의 부표 바닥과, 옅은 회색 빛 텐트의 그라데이션 차이 뿐인 색 조합. 언제나처럼 게임 속 공간에 들어온 기분이다.
 목적지에 도착하면, 부지 한 복판의 연못 자리인데... 수영장 같은 곳에 찰랑거리고 있을 흙탕물 대신, 지하로 향하는 출입구가 떡억 하니 드러나있는 모습. 내가 이럴 줄 알았어.
 어쩔수 없이 빨라지는 맥박을 느끼는 철이. 실제로 몬스터의 아가리속으로 들어가는 기분이 되어 아래를 향해 내려간다.

 격납고 형태의 층고가 높고 널찍한 지하 공간.
 한쪽으로 충전기들이 주욱 늘어선 관리로봇용 충전시설의 모습. 각종 보급용 재료들의 표시가 붙은 컨테이너들과... 아마도 참가자들에게서 수거한 세탁물을 처리했을 초대형 세탁기도 보인다.
 그동안 우렁각시 같았던 관리로봇의 비밀이 실체를 드러

내는 순간이다. 인간들이 작업을 나가고 나면, 스윽 텐트 밖으로 나와 여기로 모여들었을 관리로봇들의 모습이 눈에 선하다.
 다른 한쪽면의 전체를 차지하고 있는 건... 잠수함이다.
 바닥이 아래를 향해 열린 곳의 수면 위로 떠 있는 상태. 분명 수면에서 한 층 아래로 내려왔는데, 바닥으로 수면이 있다. 우주선 처럼 기압 조절 같은 걸 해 놨나?
 둘러보면, M이란 남자가 있을 만한 곳은 저 잠수함 뿐이다.

 '잠수함 타고 세계일주를 하는 이상한 선장에 대한 이야기가 있었지...'

 기억을 떠올리려 애쓰며 다가가는데, 잠수함의 출입구 밖으로 로봇 한 대가 나온다.
 사람과 거의 똑같은 움직임을 보이는 휴머노이드 타입. 수달처럼 통으로 붙어있는 머리부위와 눈 대신 달린 한 쌍의 카메라 렌즈로 로봇임을 알 수 있다.
 어디선가 인간은 자신을 닮은 기계에 대해 공포심을 느낀다고 들었다. 그래서 휴머노이드 로봇들의 얼굴을 저렇게 동물처럼 만드는 거라고.
 아무도 없는 이 지하실에 저 쇳덩어리와 단 둘이 있는 건 피하고 싶은데...
 다행히 안내하겠다는 듯이 몸을 구부려 꾸벅 인사하는 로봇. 보면 볼수록 완전히 인간같다. 저 정도 레벨이면 상당히 비싸겠는데? 앞장선 로봇을 따라 잠수함 안으로 들어간다.

 어딘지 모르게 비행선 같아보이는 내부 모습. 혹시나 물어보면, 비행이 가능하다고 로봇이 대답한다.
 비행까지 가능한 잠수함이라... 점점 더 M이 궁금해진다.
 사령실 같은 곳으로 들어가면, 통창 너머 펼쳐진 물 속 풍경을 바라보며 M이 서 있다.
 실제로 보니 어쩐지 갑부같은 분위기. 사파리 복장을 빳빳하게 다려 입은 감촉이라든가, 저 윤기 흐르는 콧수염의 손질 상태가 그렇다.

 "여기로 오게 한 건 확실히 해야 할 게 있어서요."
 이건... 심하게 북한스러운 억양. 미안하다, 그쪽을 잘 몰라 이렇게 밖에 표현 못해서.
 인공지능의 자동 소리 보정 기능이 저 억양을 뭉갠 것 같다...
 이제까지의 모든 미심쩍었던 부분들이 한방에 이해가 가면서도, 뭔가 덫에 제대로 걸린 기분이다.
 경우의 수가 하나 더 늘었다. 과연 저 인간이 날 살려 둘 것인가? 호랑이 굴에서도 정신만 차리면 산다던데, 다 틀려먹었다. 머릿속이 새하얗다.

 "고지를 한 후, 계약서에 서명하는 걸로 마무리 할게요."
 뭐야, 설마 진짜 이 프로젝트를 나한테 맡긴다고?...

다행히 항상 잠을 충분히 자고 사료도 꼬박꼬박 먹었다. 이런 상황에서 뭐라도 해보려면 감옥도 헬스장처럼, 긍정적으로 생각 해야 하니까. 그 저주받은 루틴 금단 덕분에 금세 활력같은게 돌아오기 시작한다.
 이럴때일수록 마음 단단히 먹어야 돼...
 머릿 속으로 되뇌이는 철이. 일단, 알아 들었다는 표시로 고개를 끄덕인다.

 "내가 강조하고 싶은 건 단 하나에요. 보안 유지. 여기서 일어난 일은 절대 밖에서 말 할 수 없습니다.
 그것 뿐입니다. 저쪽을 봐 주세요."
 M이 가리키는 쪽에 어느새 정확히 철이를 바라본 채 서있는 로봇의 모습. 눈 부위의 카메라 렌즈에서 푸르스름한 빛이 퍼져나와 철이의 주변을 스캔하고 있다.

 "당신들은 이미 계약을 했어요. 계약서에 사인 한 순간, 당신의 영혼도 당신 것이 아닐 수 있다는 걸 아셔야 합니다. 자, 지켜보시는 여러분. 이건 여러분 모두를 대신해서 새로운 계약을 하는 겁니다. 그럼, 동의한다고 말하세요."
 지금 이 모습을 모든 참가자가 지켜보고 있다니... 어쩐지 공개 처형을 당하는 것 같은 기분. 시킨 말을 마치면, 계약서 서명란을 앞에 놓는다.

 "다를 건 없어요. 안하면 집으로 돌아가야 한다는 것 쯤은 알겠죠?"

절대로 그럴 순 없지. 서명 한다.
"강철씨. 잘해봅시다."
 잠깐, 뭔가 이상한데? 시퍼렇게 날 선 눈빛을 해갖곤, 어떻게 할 건지는 단 한 마디도 묻지를 않네??
 뭐, 시간 많으니까 어떻게 할 건지는 차차 알아가면 되고. 잘난 계약도 했겠다, 좋았어. 이제부터 내가 작가 무서운줄 제대로 한 번 보여줄게.
 마침내 내민 손을 잡아 흔드는 철이. 순간, M이 처음으로 씨익 웃어 보인다.
 수틀리면 지옥 끝까지라도 따라가서 괴롭히겠다는 암시인가? 아니, 외계인 갑부가 오랜만에 기분좋아서 짓는 미소인 것 같다. 참, 북한 갑부지.
 여기 와서 분명해진 건 아무것도 없다. 그리고, 지금부터 시작될 일은... 마치 4차원의 미궁 입구에라도 선 것 같은 기분이다.

# 4장. 아키텍트

호수의 수평선.
 어제까지 빙 두른 차수벽의 언덕이 펼쳐지던, 원주민 마을 건설 구역이다.
 이제 저 자리에 철이의 공중 마을 프로젝트, 벌집형태의 초고층 건물이 들어선다. 들어 설 것이다.

 부표의 끝 지점에 나란히 서있는 철이와 산초.
 앞으로 지낼 곳, 철이의 집무실을 기다리고 있다. 모든 일을 시작하는 의미로, 제작로봇을 사용해서 시험삼아 집무실을 만들어 보기로 했다. 과연 M이 여기서 할 수 있는 일이 어디까지인지 직접 가늠해 볼겸.
 그 텐트에서 나만 빠져나올 순 없어서 산초도 같이 지내게 해달라고 요청했다. 둘이서 하염없이 호수를 바라보며 서 있는데...
 그 첫 시작이 마침내 나타난다.

 우주 화물선처럼 생긴 네모난 비행선.
 자세히 보면, 제트 엔진형태의 초고성능 프로펠러를 네 방향에서 소리없이 가동중이다. 철이가 직접 주문해서 만들어낸 집무실이다. 잠수까지 가능하다.
 저런게 M의 집무용 함선도 만들어 낸 관리본부 제작로봇의 능력. 이걸로 M의 함선도 비행이 가능 하다는 게 증명된 셈이다.
 M의 로봇 기술로 상상을 실현시킨 철이의 첫 번째 시도.

이제부터 5개월 간을 지낼 집무실이 그들 앞, 수면 위로 조용히 내려 앉는다.

 배처럼 천천히 움직여, 부표 끝으로 옆면을 바짝 붙이는 집무실. 로봇 팔들이 튀어나와 닻처럼 고정을 마치면, 출입구가 열리며 그들을 맞이하듯 연결 통로가 뻗어나온다. 산초와 함께 안으로 들어간다.

*

 - 주인님을 환영합니다.

 입구에 서있던 휴머노이드 로봇이 말한다.
 M이 지급한 비서로봇. 전체 시스템 관리자기능으로 이곳의 모든 로봇들을 관리하고 움직일 수 있다고 했다. 이 집무실도 이렇게 저렇게 만들어 달라고 부탁하니, 즉석에서 설계도를 완성해 샘플을 보여주더니 제조로봇을 가동시켰다. 그게 고작 12시간 전의 일. 이런 비행선 하나를 만드는데 하루가 안 걸린다...

 숙소 텐트를 2명 용으로 축소해서 옮겨놓은 듯한 내부. 간이침대는 물론, 화장실, 샤워장까지 똑같다.
 텐트 생활을 계속 이어갈 다른 참가자들을 생각해서 일부러 이렇게 만들었다. 겸손이 미덕이니까.
 다른 점은, M의 집무실에서 본 업무용 책상과 그 너머의 통창을 여기에도 설치했다. 이 두 가지만 있으면, 나름 우주선 사령실 같은 분위기를 낼 수 있다.
 침대에 걸터 앉는 철이와 산초. 작업 현장의 모습이 통창 너머로 시원하게 바라보인다.

"그럼 첫 끼를 먹어 볼까? M2, 메뉴판좀 보여줘."

 처음 대화를 시작할 때 정해달라고 해서 로봇 이름을 M2로 지었다. M에 대한 경계심을 기억하기 위해. 이 로봇과 M이 한 몸통이나 마찬가지니까 말이다.
 그 M2가 눈앞에 홀로그램으로 메뉴판을 만들어낸다.
 로봇 식당 키오스크의 익숙한 진행 방식.
 먼저 감자샐러드, 그리고 토마토 파스타에, 양배추 샐러드를 곁들여야지. 마무리는 아이스크림으로. 끝. 양식으로 선택했다.

식사 체계 변경

 사실 권한을 받자마자 철이가 제일 먼저 한게 저거다.
 다음 끼니에 또 그 사료같은 걸 먹을 생각하니 도저히 참을 수가 없었다. 나뿐 아니라 남이 먹는 것도 못참겠다.
 다른 참가자들것까지 전부다. 아예 배식 시스템을 통째로 손봤다.

분명히 훨씬 다양하게 바꿀 수 있을텐데 왜? 하는 의혹이 맞아 떨어졌다. 이미 로봇 식당들에서 사용하는 프로그램 코드를 가져다가 바꿨더니, 이럴수가... 기존에 관리로봇이 사용하던 똑같은 재료들로 양식, 중식, 그리고 한식까지 가능해졌다!
 그 로봇같은 M의 효율성 중시 경향 덕분에 제조 효율 대비 가장 높은 영양가를 추구한 결과로 사료를 먹게 됐던 것 같다.

 양손을 싹싹비벼가며 한식을 선택하는 산초.
 쌀밥에 김치찌개. 계란후라이. 마무리는 수박이다. 완벽하다고 외치며 박수를 친다.
 곧이어 나타나 이들의 앞쪽으로 멈춰서는 네모난 관리로봇.

 - 자 지금부터 쇼가 시작됩니다.

 철이가 입력한 인사말. 간수 같던 게 갑자기 저러다니... 사소한 것이 의외로 상당한 만족감을 가져다 준다는 걸 깨닫게 한다.
 손을 씻은 후에...
 포크, 스푼, 나이프를 지급 받는다!!!
 저것도 철이가 벼르던 일. 손으로 먹는 것에서도 벗어났다! 이제 칫솔처럼 개인 관리하면 된다.
 나이프 같은 게 공격 무기가 될 소지 때문에 위험성을 원천 차단하려고 그랬던 것 같은데... 사람 가둬놓고 흉악범 취급하는 것도 아니고, 해도해도 너무 한 처사다.
 이걸 받고 기뻐할 참가자들의 모습이 눈에 선 하다.
 주문한 음식을 받는다.
 네칸으로 나눠진 식판에 담긴 건... 일단 모양새는 제법 그럴듯 하다.
 이미 검증된 제조 코드를 그대로 썼지만, 긴장되는 순간. 과연 맛은 어떨지...
 조심스럽게 파스타를 한입 먹어본다.
 마늘과 양파 토마토 소스가 적절히 어우러진, 갖은 양념의 존재감이 생생하다. 맛있어서 눈물이 다 날 정도. 그 동안 먹어온 사료가 끔찍했기 때문에 더 그런 것 같다. 옆을 보니 산초는 울고있다...
 대성공. 지금 죽는다고 해도 여한이 없다.

 식사 후, M2와 작업 계획을 세우기 시작한다.
 대화가 진행되는 동안에도 제작 설계도며 필요한 작업지시를 척척 진행시키는 인공지능력 덕분에 오늘 안에 준비가 다 끝나게 생겼다...
 이걸로서 한가지 비밀이 밝혀졌다. M, 단 한 명의 인간이 이 프로젝트를 이끌었다는 것이다.

 작업 방식도 당연히 통째로 갈아 엎었다.
 이제부터 참가자들은 대부분 건설작업에 투입된다. 생산과 운반같은 단순 반복적인 작업을 로봇이 하고.

로봇이 각종 재료들을 만들어서 가져다 주면, 인간이 설계도를 보며 차곡차곡 만들어 나가는 방식. 이 전과 정확히 정 반대다.

 건물의 높이는 80층.
 사실 이건 철이의 소설 속, 주인공의 사무실이 있는 층이 80층이라서 그렇게 정했다. 게다가 살 집이 필요한 원주민의 수가 300명. 80층 정도는 돼야 그정도 인원이 넉넉히 지낼 수가 있다. 그들이 놀고, 배우는 공간. 먹고 살 식량 재배시설 등 살아가는 데 필요한 공간까지 다 포함해서.
 문제는 기존의 설비와 인력으로 5개월 내에 완성해야 하는데, 80층짜리를 지어 올릴 수 있겠냐는 것. 크레인장비도 쓸수 없고, 기존의 고층 건물 건설에 쓰이는 방식도 불가. 심지어 M2에게 방법을 물어봐도 불가능하다고 대답했다.
 그래서 철이가 사용한 방법이 개인용 플라잉 장치다.

 꿀벌이 서로에게 부딪히지 않고 벌집을 짓는다는 것에서 아이디어를 얻었다.
 참가자들 각자가 직접 날아다니며 필요한 작업을 수행할 수 있도록 비행 장치를 사용하는 것.
 기존의 드론 작동원리와 벌의 비행원리를 결합하고, 충돌회피 기술을 탑재하여 완성했다.
 눈이 없는 박쥐가 동굴이나 다른 박쥐에 충돌하지 않고 날아가는, 초음파 레이더 기술의 업그레이드 버전을 적용했다.

외관은 오토바이 배달기사가 입는 라이더 조끼 타입. 착용 후 단말기에서 목적지를 설정하면, 어깨부위에서 날개가 펼쳐지며 자율 비행, 또는 수동 비행이 가능하다.
 이 장치의 한가지 문제는 30분이라는 시간적 제약. 1회 충전시 30분 비행이 한계치다. 충전하는 데는 20분이 걸리고. 배터리가 방전될경우, 낙하산을 펼친 것처럼 다치지 않게 수동 착륙하기는 한다.

 지지 기둥, 골조 건축용 큰 구조물 등을 해당 부위에서 직접 만들어 짓는 방식으로 작업 속도를 끌어올렸다.
 건축 재료 제조로봇에 강력한 드론 기술을 적용한 것. 그 거대한 로봇도 참자가들과 마찬가지로 날아다니며 작업을 한다.

 M이 하던 대로, 자율주행 모드처럼 기계에게 모든 일을 맡기지 않기로 했다. 그건 전자동 자판기에게 대신 살아달라고 인생을 맡기는 격이다.
 갈림길에서 직진을 할지, 핸들을 꺽을지, 선택을 하고 책임을 지는 재미를 되찾기로 했다.
 로봇은 옆에서 도울 뿐, 철이와 8000명의 참가자들이 모든 일을 직접 해 낸다. 흐름에 따라, 진행 상황을 보면서 떠오르는 아이디어도 보완할 수도 있고, 돌발 상황이 생기면 바로 조치를 취할 수 있다. 훨씬 안전하다.
 인공지능은 인간이 될 수 없다. 인간에겐 인간미가 있어서, 차마 못하는 일이란 게 있는데, 인공지능에겐 그게 없다. 인간의 자리를 인공지능에게 줄 수 없는 이유다. 만약, 인공지능이 인간이 되려 마음 먹는 날엔...
 인간은 멸망할 거라는게 철이의 생각.
 위협을 미칠 확률이 일정 수준을 넘어서는 존재는 제거 할테고, 인간은 그 리스트의 맨 첫 번째가 확정적이다.

 상상력을 마음껏 활용하여 80층짜리 건축물에 있어야 할 것들을 척척 계획하고 만들어내는 철이. M2와 대화하는 방식을 통해 거침없이 일을 진행시키면, 곧바로 제작 설비에서 갓 만들어진 샘플이 눈앞에 쾅 등장한다.
 이렇게 하루아침에 이 모든 것들을 현실로 만든다니...
 인공지능과 로봇 기술이 가능하게 했다.
 불을 갖고 노는 자는 화상을 입을 수 있다. 이 기술의 이면에 감춰진 대가의 크기를 가늠할 수 조차 없다.

*

 다음 날.
 화창한 날씨. 언제나처럼 호수 위로 찍어 누르는 듯한 찜통이다.
 드디어 작업 시작. 계획에 맞춰 참가자 8000명이 움직인다.
 총관리자 철이를 뺀 7999명. 산초도 예외없이 똑같이 작업에 나간다.
 물론 철이도 마음만 먹으면 다른 이들과 똑같이 작업 할 수도 있지만, 여전히 누군가는 책임자를 해야 한다. 직전에 M이 하던 역할을 이제 철이가 한다.

 물 위, 일정한 간격으로 완성된 거대한 기둥들이 솟아있다.
 각각의 지지 기둥위로 올려져 있듯 공중에 떠 있는 상태의 제조로봇들. 잠시 후, 모든 로봇들이 동시에 서서히 위쪽으로 상승하는 모습. 50cm 정도에서 멈추면, 그만큼의 기둥 길이가 늘어나 있다. 멈춤 상태일때 기둥을 만들어 쌓고, 한 차례 쌓으면 그만큼 상승해서 또 쌓는 중이다.
 이렇게 호수 바닥에서 시작해서 30분 마다 한 칸씩 위쪽을 향해 올라가고 있다. 마치 초고속으로 자라나는 나무의 모습을 구분된 단위로 끊어 재생 시키는 듯한 광경이다.

 수면 위로 3m 정도 띄워진 1층 높이까지 제조로봇 위주의 골조 생성작업이 완성되면, 참가자들 차례다.
 1000명씩 8개 조가 10분 단위로 각자 재료를 받아서 설계된 자리에 조립하는 방식. 중세시대의 전쟁에 투입된 소총수들이 한 줄로 열을 맞춰 총을 발사하면, 다음 뒷열이 앞으로 나와 발사하는 방식을 떠올리며 만들어낸 작업 방식이다. 그때는 총알을 재 장전하고, 발사하는 것이 힘들어서 그랬고, 지금 여기서는 플라잉 장치의 배터리 한계 때문에 이렇게 하는 거다.
 충전 문제를 사람이 많다는 이점을 활용해서 교대하는 방식으로 극복했다.

 이 방식으로 5개월 동안 호수 한 복판에 세워지는 80층짜리 초고층 건물.
 원주민들은 저층부에서 살아갈 예정인데, 땅에서 자연과 함께 생활하던 이질감을 최소화하기 위해서이다.
 40층 이상의 고층부에 식량과 물 생산시설 등 지속가능한 생활을 위한 모든 장치들이 들어선다. 원주민들의 문화적 충격을 덜기 위해 그들의 언어로 제공되는 각종 문화, 교육시설도 있다. 여기에는 생성형 인공지능이 탑재된 휴머노이드 로봇들이 활동하게 된다.
 이건 철이가 원주민들을 생각하며 준비한 서비스. 사실, 원주민 언어를 학습한 저 로봇들과 원주민들이 도대체 어떤 식으로 지낼지가 제일 궁금하다.
 이미 정해진 장비와 작업방식 뿐만 아니라, 현장에서 일하며 튀어나온 아이디어가 반영된 각종 장비와 방식들도 활용된다. 인간이 주도적으로 일을 하니, 집단 지성을 활용하기에도 좋다.

 로봇에게 일을 시키고, 로봇과 함께 일을 하는 참가자들.

어느 순간, 개인용 플라잉 장치를 착용한 채, 더 무거운 물건을 들 수 있는 로봇 팔과 다리를 착용한 상태로까지 진화한다.
 일이란 건 하면 할 수록 더 잘하게 된다는 진리가 이곳에서도 이루어진다.
 19층에서 20층으로... 한층 한층 건물이 솟아오른다.

*

5개월 후.
 완성된 80층 건물. 벌집처럼 촘촘한 발코니들에서 개인용 플라잉 장치를 장착한 원주민들이 분주히 오간다.
 상상했던 것처럼, 벌통과 꿀벌들을 연상시키는 모습. 저 정도면 큰 문제없이 생활하는 것 같다.
 이로서 완성. 엎어질 뻔 한 3600만원 짜리 일감을 무사히 끝냈다!

 올때와 마찬가지로 나라 별로 버스를 나눠타고 텐트 구역을 빠져나가는 참가자들. 모일때는 일 하기도 전에 지칠정도로 느리게 모였더라도, 갈때는 말없이 빠르게 사라지는 건설 현장 알바의 스타일. 저건 전 세계 공통인가 보다.
 단말기를 켜는 철이. 또다시 인터넷에 접속한다.

M / 입금 36,000,000원

 자꾸 보고 또 보게 되는 저 숫자. 모든 작업이 끝난 어제 저녁 시점으로 3600만원이 딱 들어왔다.
 이제 집에 돌아가면, 아무 것도 안하고 진짜 제대로 글만 쓸 수 있다!
 한국이 여기서 가장 멀리 떨어진 곳인 관계로, 내일 아침이나 되야 비행기가 도착한다고 한다. 그때까지 침대에서 뒹굴면서, 매끼 다른 메뉴나 먹으면 된다.
 아침은 한식으로 먹었는데, 점심은... 오랜만에 중식으로 먹어야겠다.

 - 주인님, 손님 오셨습니다.

 M2의 소리에 돌아보면, 변함없이 로봇같은 표정을 얼굴에 건 M. 철이와 산초를 내려다보고 있다.
 언제 왔는지 입구에 나란히 서 있는 사파리 복장의 M과 그의 비서로봇이 보인다.
 관리로봇을 의자 삼아 맞은편에 앉는 M. 책상 자리를 권했는데 굳이 저렇게 앉는다. 내일이면 다 끝나는 마당에 지금 이렇게 갑자기 찾아온 타이밍. 어째 불길한데?

 "제안을 하러 왔어요. 옆의 친구는 자리를 좀 비켜줬으면 하는데."
 그말에 별 생각없이 일어나 밖으로 나가는 산초. 잠깐 기다려 달라는 손짓을 한 철이. 뒤따라 나간다.

"야, 우리 얘기 좀 해야 돼."
 부표 위를 설렁설렁 걸어가던 산초. 뭐냐? 는 표정. 집무실 쪽을 한 번 확인하는 철이.
 다행히 따라 나오거나 하지는 않았다.
 참가자들이 떠난 텐트 자리가 언제 그랬냐는 듯 텅비어있다. 공연이 끝나고 난 후의 콘서트장 같은 풍경을 걸어가기 시작한다.

"느낌이 좋지 않아. 너가 날 좀 도와줘야겠어."
"도와달라니? 누가 널 때리기라도 한데?"
"영화에서 그렇잖아. 돈 따고 이제 문 밖으로 걸어나가기만 하면 되는데, 같이 게임하던 놈들이 꼭 뒤에서 붙잡잖아. 지금 그런 일이 일어날 것 같다고. 표정이 저러니까 더 그런것 같애..."
 철이를 바라보던 산초가 고개를 절래절래 흔든다.

"지금부터 무슨 일이 있어도 나랑 같이 하겠다고 해줘. 지옥 간다고 해도 같이 가는거다."
 산초에게 새끼 손가락을 내미는 철이. 그들의 뒤로, 우뚝 선 80층 건물의 그림자가 지켜본다.

*

"우리는 연대 공동체에요. 이 친구한테 말 못할거라면, 저도 듣지 않겠습니다."

 산초와 함께 돌아온 철이의 첫 마디. 표정의 변화가 없는 M. 둘의 얼굴을 한 번씩 확인하듯 쳐다본다.

"...미공개 로봇 기술들도 시험 할 겸, 어려운 사람들도 도울 겸, 이 일을 하게 됐습니다. 하지만 운 좋게도 당신이 나타났고, 이만큼의 결과를 얻은 상황에서, 도저히 이 기회를 이렇게 끝낼 수는 없다는 생각이 들었어요. 사업가로서 말이죠."
 창가로 다가가 완성된 건물을 바라보며 말하는 M. 그의 빈틈없는 뒷모습에서 본능적으로 뭔가 엄청난 일이 시작되려는 것이 느껴진다. 점점 심장이 빠르게 뛰기 시작한다.

"지난 5개월간 많이 배웠습니다. 도구라는 게 주인에 따라서 이렇게 다른 결과가 나올 수 있구나 하는 걸 저 건물을 통해 확인했죠. 당신이 이 일에 더 적합한 능력자라는 걸 인정하겠습니다."
 돌아보며 정확히 철이와 눈을 마주치는 M. 심장에 비수가 꽂힌 듯한 차가운 눈빛이다.
"제안은, 여기에 전 세계 최고의 부자들을 위한 비밀스러운 휴양지를 만드는 겁니다. 저런 건물들로요. 저의 모든 권한을 갖게 되실 거고, 완성되면 강철님도 한 채 드리지요. 아, 옆의 친구분도요. 제 몫은 수익에서 30%입니다."
 할 말을 잊은 채 서로의 얼굴만 쳐다보는 철이와 산초.
 이건... 도저히 믿겨지지가 않는다. 모든 권력과 돈을 가진 회장이, 하루아침에 자기 자리를 넘긴다는 제안을 하고 있는 것. 물론 여기선 이 프로젝트에 한해서지만.

 고개만 끄덕이면, 앞으로 탄생될 미래 도시의 주인이 된다...

 철이가 손을 내밀면, 꼭 붙잡아주는 산초. 지옥 끝까지라도 같이가자 라고 말하는 것 같다.
 순간 용기가 생긴 철이. 마침내 고개를 끄덕이면, 옆에 서 있던 비서로봇이 계약서와 펜을 내민다.

"마지막 기회에요. 거절하면 내일 편안하게 집으로 돌아갈 수 있어요."
 뇌 속을 파고드는 것 같은 말. 서명 란 위로 향하던 손이 붙잡힌 것처럼 굳어진다.
 떠나온 곳을 생각해보면, 어쩐지 흐릿하게 기억이 나지 않는 모습. 의식을 또렷하게 잡아끄는 건, 앞으로 지어질 미래 도시와, 거기서 맞이할 새로운 삶이다!
 서명란에 한 자 한 자, 미래를 향해 소리치듯이 적는 걸로 서명을 마친다.

"좋아요. 이제 마지막 하나만 남았어. 지금 가야할 곳이 있어요."

*

 호수 한복판의 알 수 없는 어딘가.
 창문 너머로 난데없이 솟아난 숲이 보인다.
 경로 안내도 없이 M이 가리키는 방향만으로 20분정도 집무실을 몰아 여기까지 왔다.
 핸들을 움직여 비행하는 철이. 숲이 끝나는 지점에 거대한 나무가 있다. 근처에 불을 피워 연기가 자욱하게 피어오르는 상황. 카누를 탄 원주민들이 모인 근처로 천천히 내려앉으면, 마중나오듯 카누 한 대가 다가온다.

"맨 앞, 지팡이를 든 사람한테로 가세요."
 M이 가리키는 곳을 보면, 창 밖의 상대가 정확히 이쪽을 바라보고 서 있다. 저런 모습은, 원주민들의 족장인 것 같은데, 기다리고 있었네?
 심지어 저 카누를 탄 원주민들은 각자 손에 무기를 들고있다. 이럴 줄 알았으면 원주민들에 대해서 좀 더 알아두는 건데... 이런 때가 올 줄은 꿈에도 몰랐다.

"저들은 신이 우리를 보냈다고 생각하고 있어요. 우리를 존중하고있으니, 우리도 존중해주면 아무 문제 없어요. 나도 했고, 여기서 살려면 언젠가는 반드시 해야 할 일이에요. 행운을빕니다."

 나가라는 듯, 활짝 열리는 출입구. 어쩐지 떠밀리는 기분으로 밖으로 나선다.
 원주민의 카누를 타고 족장의 배로 가는 동안, 안개처럼 자욱히 가려진 연기 안으로 들어서며 순식간에 주변이 사라진다. 꿈 속에 들어온 듯한 착각이 드는 상황. 이윽고 모습을 드러낸 족장의 앞에 도착하면, 잠시 둘을 찬찬히 바라본다.

"당신들이 미래에서 온 인형들의 주인인가?"
 로봇들을 말하는 거겠지? 지금 쯤이면 이들도 로봇과 함께 며칠을 함께 지내봤을 터, 충분히 알만큼 알 것이다.
 최대한 당당히 고개를 끄덕인다. 정신만 잘 차리면 호랑이 굴 에서도 살아남을 수 있어.

"우리에게 뭘 원하는가?"
 질문이 곧바로 본론이다. 이런, 엉겹결에 당황스럽다.
 침착해야 해.
 내가 원하는 거. 우리가 원하는 건... 그래. 이 도시를 원한다. 절대로 우리에게 온 이 기회를 놓칠 수 없다.

"통치권. 내 권한을 보장해 줘. 너가 족장이듯, 우리 둘이 이 도시의 우두머리 인거다."
 대답해놓고 산초를 바라보면, 일부러 얼굴을 약간 치켜 든 채로 눈을 크게 뜬 모습. 무서운 표정을 지으려는 건지, 무섭다는 건지 알 수 없지만, 잘하고 있다. 조금만 더 버티자.

 "하나만 약속해. 여기는 신성의 숲. 누구든 절대 이 숲으로 들어오면 안된다."
 족장이 쳐든 손길이 거대한 나무의 뒤쪽으로 시작되는, 물 위로 솟아있는 나무들을 가리키고 있다. 여기가 어딘진 모르겠지만, 굳이 여기까지 올 일은 없을 것 같다.
 숲만 기억해 두자. 숲은 안돼.

"약속한다."
 철이가 대답하자 주위를 향해 소리지르는 족장. 타악기의 연주가 시작되자, 눈을 감은 채 노랫말을 외친다. 이들의 예식을 시작하는 것같다.
 이게 끝이라고?
 서로 허탈하게 마주보는 산초와 철이. 집무실 쪽을 보면, M이 돌아오라고 손짓하고 있다.

 집무실을 출발시키자, 날아오르기 시작한다.
 멀어져가는, 거대한 나무가 있는 숲. 타오르는 불꽃과, 연기에 휩싸인 물 위에 펼쳐진... 지옥도같은 모습이다.

눈을 떼지 못하는 철이. 한낮에 목격하는 개기일식처럼, 어디선가 어둠의 존재가 서서히 조여드는 것 같다.

*

 원주민이 사는 건물을 중심에 놓고 원을 그리며 80층짜리 건물 10개를 더 짓는 작업.
 저게 여기에 쓸 수 있는 예산과 필요 자원, 현재 갖고있는 장비들의 작업능력을 조합해 도출한 최적의 규모다. 물론 M2가 계산해줬다.
 층 당 한 세대로, 총 세대수 700세대. 세대 당 열 명 정도로 잡았을때 7000명정도의 사람들이 살게 된다.
 이 도시의 이름은 버티컬 시티. 이거야 말로 진짜 철이가 상상했던 소설이 현실이 되는 순간이다. 이제 저 초고층 빌딩들 사이로 플라잉카들이 날아다니는 날이 곧 온다.

 제일 먼저 한 일은, 참가자 텐트가 있던 자리에 필요한 모든 것들을 만들어 내는 생산 시설을 만들었다.
 부표 위 한 쪽에 건설 작업용 휴머노이드 들이 차곡차곡 열을 맞춰 서 있다. 전부 해서 800대다.
 다른 쪽에는 각종 건축 자재들이 일정한 간격을두고 쌓여 있다. 총 10개로 구역을 나눠 건축 자재 생산 로봇들과 거기서 생산된 자재들, 그리고 건설에 투입될 중장비 로봇들이 세팅을 마쳤다.

 건축 방식은 기존에 완성한 원주민용 건물과 같다. 다른점은 8000명의 참가자들 대신, 한 동당 80대의 작업용 로봇이 투입된다는 것. 저 1개 구역에 쌓아진 자재들이 각 건물의 시작층, 1층에 필요한 분량들이다. 제조에 필요한 광물 보급차 다녀간 대형 트럭들의 행렬로 이곳까지 오는 왕복 4차선의 도로가 한동안 정체됐을 정도. 예산의 대부분이 10개 건물의 추가 생산에 필요한 각종 광물 자원들을 구매하는데 들었다.

 이미 해봤던 방식으로 한층씩 한층씩 지어올리되, 로봇 작업자들로 10개 건물을 동시에 지어 올린다.
 예상 작업 기간 30일. 각 층별 자재 생산에 필요한 시간을 기준으로 잡았다.

 원주민의 의식을 치른 이후, 일주일 만에 이 모든 준비작업들을 마쳤다.
 상상 이상으로 쉽고 간단하게 이 모든걸 준비했다.
 인간의 말을 알아 듣고, 인간을 훨씬 넘어서는 능력으로 실행하는 존재, M2와 함께.
 '이걸 이렇게 할 수 있는 방법이 없을까?' 라고 질문하면, 경로를 검색하는 네비게이션 처럼 최적의 수를 포함한 2~3

개의 경우의 수를 정리해서 제시해준다.
 철이가 상상력만 가진, 건축 지식이 전혀 없는 상황조차 이해하고 이 모든 준비들을 마치 시뮬레이션 게임하듯 쉽고 단순하게 실현해준 M2. 생성형 인공지능의 정보 종합, 요약, 판단, 그리고 실행 능력의 엄청남을 실감하는 시간이었다.

 인공지능과 함께 일을 하면 할수록, 인간 1명, M 혼자서 이 프로젝트 전체를 관리했다는 사실은 당연해진다. 초현실 그림속의 환상과 현실이 현실 하나로 합쳐진 상황.
 점점더 이 이상한 세상에 익숙해져간다...

*

 천천히 호수 위를 비행중인 집무실.
 철이가 창 밖으로 펼쳐진 현장 전경을 바라본다.
 작업용 점프수트 차림은 변함없이 그대로인데, 이제 제법 총관리자로서의 분위기가 잡혔다.
 돌아서면, 책상 위로 홀로그램으로 표시된 10개 건물 별 준비 상황 그래프들이 보인다.
 마지막으로 둘러보며 최종 확인을 마치는 철이. 한쪽으로 반짝이고 있는 '작업시작' 버튼을 누른다.
 이제 하루에 2.7층이 지어 올려질 것이다.

"이러면, 한 달 동안 뭐하냐?"
 옆에서 함께 홀로그램을 쳐다보던 산초가 멍한 눈빛으로 묻는다. 모든 작업을 로봇들이 하니까, 자동 플레이 중인 게임 상황이나 다름없어졌다.

 "넌 우리 인생에 이렇게 한 달 동안 아무것도 안 할 날이 올 줄 알았냐? 월급 받으면서."
 산초가 대답대신 뻘쭘하다는 듯이 머리를 긁적인다. 철이도 마찬가지. 전혀 생각지 못한 방향으로 세게 한 방 먹은 기분.
 새롭게 나타난 문제, 아무일도 안하는 일.
 아무일도 안하고 한 달을 지내다간 미쳐버릴지도...

*

 한 달 후.
 원주민 건물을 중심으로 빙 원을 그리며 완성된 10개의 초고층 건물들. 가운데의 벌통형 행성을 지키듯, 주변을 고리처럼 둘러싼 형태. 버티컬 시티가 탄생했다!

 1층은 수면부에서 띄워진 빈 공간. 2층부터 10층 사이에 식품부터 옷에 이르기까지의 주문 생산형 마트와 병원, 미술관, 식당, 주차장 등 생활복합공간이 들어가있고, 11층부터 80층까지, 층당 한 세대가 산다.

 집 구조 부터 재질, 가구, 가전제품 등 내부 구성을 세대주가 직접 꾸밀 수 있고, 개인용 플라잉 장비도 원하는 만큼 지급된다. 모든 것 중에서도 가장 큰 장점은, 아직 세상에는 없는 미래의 물건, 하늘을 나는 자가형 비행기인 플라잉카를 소유할 수 있다.

 따라서 마음만 먹으면, 200평 정도의 공간을 텅 비워놓고 색깔별로 주문제작한 플라잉카 들로만 가득 채워놓을 수도 있는 것. 가상현실 게임에서처럼 말이다.

 이 모든 건 사용자의 취향에 맞출 수 있는 주문생산 방식으로, 제조로봇이 완성해낸다.

 이런 세부 방식들에 M이 낸 아이디어를 반영했다. 프라이버시를 중시하고, 특별한 것을 소유하기 좋아하는 욕망을 건드려야 한다나. 그리곤 손님 받아온다며 어디론가 떠났다. 저정도의 초호화 빌라를 살 정도의 돈을 가진 사람들이 어디 있는지도 아는 모양이다.

 그는 도대체 누구일까. 과학자? 과학자 치고는 스케일이 크다. 사업가라기엔... 뭔가 이상한 점이 있다. 이 실험 같은 일을 극비에 벌인다는 것도 그렇고. 이렇게 폐쇄적인 환경에서 말이다. 결정적으로 말투가 북한 말인게 모든걸 더 헷갈리게 만든다. 설마... 북한이 만들어 인간화에 성공한 생성형 인공지능 지성체 인 건 아니겠지? 지금까지 겪어본 바로는 충분히 가능성이 있다. 여기서의 실험 결과를 바탕으로, 다음 목적이 인간과 로봇의 완전한 결합 따위를 추구한다는 건 인공지능이라면 관심을 가질 만 한 일. 그런 생각이 들 만큼 도무지 정체를 알 수 없는 인물이다.
 완성 직후, 플레이 버튼이라도 누른 것처럼 입주민들이 몰려들기 시작한다. M이 자기 역할을 했다는 증거다.

 집무실 창 밖으로 버티컬시티가 펼쳐진 모습.
 아까부터 철이가 멍하니 책상 앞에 앉아있는 중이다.
 책상 위, 홀로그램 영상이 각 동의 상황을 보여준다.
 화면 크기에 맞춰 줄어든 건물과 플라잉카들이 오가는 모습이 영화를 틀어놓은 것 같지만, 저건 실제 상황이다.
 모든 할일은 끝났다. 입주와 관련한 모든 사항들은 사전에 다 약속되고 준비돼 있다. 앞으로 일주일. 전세계에서 몰려드는 입주 행렬이 끝남과 동시에 철이는 2동의 펜트하우스, 80층으로 들어갈 예정이다. 그때까지 저 홀로그램으로 보이는 각 구역별 상황 화면을 쳐다보고 있기만 하면 된다.

 지난 한 달간, 철이와 산초는 할 일을 찾았다. 아니, 만들어 냈다.
 개인용 플라잉 장치를 검수, 포장하는 일.
 참가자들이 두고 간 장치는 8000개. 이걸 한 대씩 작동 확인 후, 충전해서 재포장한다. 이 작업도 로봇이 하고 있었지만, M2에게 인간 두 명이 일할 자리를 만들어 달라고 부탁했다.

텐트에서 작업나가던 때로 되돌아간 것처럼, 밥 먹고, 작업장으로 걸어가서 작업 하고, 다시 돌아오는 생활.
 이런걸 보면, 문제적 상황이 닥쳤을 때 해결책은 의외로 이미 우리가 갖고 있는 경우가 많은 것 같다.
 그런 산초는 이제 하루 종일 잠만 자기를 시작했다.
 철이의 한 층 아래, 79층에 살 예정이다.

 구역별 화면에 등장하는 입주자들은 크게 두 부류다.
 장기 거주 목적으로 온 쪽은 주로 입주동 옥상으로 온다.
 대형 수송헬기에서 내려 직접 자기 물건들을 챙겨 들어간다.
 휴양지처럼 생각하고 온 쪽은 육로로 버스나 차량을 타고 나타난다. 철이네가 들어왔던 그 부표형 고속도로가 끝나는 지점에서 캐리어와 함께 잠시 서있으면, 마중나온 자신 소유의 플라잉카를 타고 곧바로 집으로 들어간다.

 …경비아저씨가 따로 없네.

 문득 여기 오기 전 했던 개산책 알바가 생각난다.
 개있는 집은 어떻하지?
 집이 200평이다. 정원 딸린 저택 크기니까, 집에다 산책로를 꾸며 놓을수도있다. 게다가 휴머노이드 로봇도 지급받았으니까, 슈퍼맨 알바생이 항상 곁에 있는거나 다름…

 - 주인님. 중요 연락이 왔습니다.

상념에 잠겨있는데, M2가 불쑥 옆에서 말을 건다.
홀로그램이 시작되면, 이쪽을 바라보며 서있는 M. 지금까지 쭈욱 한결같던 사파리 복장이 아닌, 겨울용 패딩에 방한화를 착용했다. 추운 곳에 있나?

"이제 우리가 헤어져야 할 시간이 온 것 같군요. 어때요, 왕이 된 기분? 자기 손으로 직접 만들었으니, 별 감흥이 없으려나."
일을 이렇게 벌여놓고, 목적을 달성하면 내려놓고 다른 데로 가버린다고? 아니지, 이미 갔다. 충격으로 말이 나오지를 않는다.
"계약 했잖아요, 당신을 총관리자로. 이미 그때 혼자가 됐다는 거, 모르겠어요?"
"...이런 식일 줄은 몰랐어요."
내가 잘못봤나? 아니다. 화면 속 M이 처음으로 미묘하게 웃음을 짓고 있다. 이럴수가...
"인간은 누구나 홀로 서기 마련이지. 그 순간이 찾아오는 때가 다를 뿐. 마지막으로 할 얘기 있으면 해요. 부탁할 거라든지."

"궁금한 게 하나 있어요. 당신의 진짜 정체를 알려주세요. 당신은 북한 사람 입니까?"
한참만에 겨우 끄집어낸 말. 다행이도 이 와중에 저 M이란 남자의 정체를 알아낼 기회라는 생각을 해냈다.

"언어라는 건 신비로운 힘을 지녔지. 우리가 같은 언어를 쓰고 대화를 한 다는 건, 실로 엄청난 일이에요. 그런 우리 한민족이 북과 남으로 갈라져 서로 죽이려고 한다는 건, 나한텐 풀고 싶은 문제였소. 인생을 걸 가치가 있는 문제. 그 때의 난 자기 정도의 나이였오."
 손을 들어 철이를 가리키는 M. 이제 보니, 로봇 같은 얼굴이 아니다. 강인한, 강철같은 얼굴이다.
 "그래서 난 북에서 탈출했소. 그러고 나니 비로서 진정으로 내가 갈 곳이 없다는 사실이 드러나더군. 공해상에 뜬 그 무국적의 배위에서 바다로 뛰어 들었소. 죽음의 품으로. 하지만 그랬기 때문에 이 모든 일이 일어났지. 난 이쪽도 저쪽도 어느쪽도 아닌 사람이 되었고, 보시다시피 이 세계를 얻게 되었소. 당신과 내가 여기서 만나게 된 건, 그때 나를 살렸던 저 위의 어떤 존재라고 생각되오. 난 그 존재를 믿는 사람이고, 내가 한 일은 그 결과일 뿐이요."

 홀로그램이 꺼지면, 찾아드는 정적.
 의미심장한 기분. 생각이 상당히 깊게 내려간다.
 인간과 삶, 그리고 죽음에 대해 곰곰이 생각해 본다.
 그래, 시작이 있으면 끝이 있고, 끝은 다시 시작인 거겠지...
 몸도 하나, 영혼도 하나, 목숨도 하나 뿐이라는 사실이 새삼 절절하다.

덜덜 떨려오기 시작하는 몸. 모든 게 춥게 느껴진다.

5장. 바빌론

2동 80층.
 여긴 이제 철이의 집. 처음 지어진 원주민 건물이 1동. 그 둘레로 원을 그리며 2동에부터 11동까지 세워진 모습. 여기에서 가까운 건너편 11동이 마주보인다.
 테라스 난간에 기대어 경치를 말없이 바라보는 철이. 산초도 옆에서 함께 감상중이다.
 산 정상에 오른 것처럼 힘껏 야호~ 를 소리친다.
 새로지은 건물 80층에 사는 사람은 옥상인 81층까지 두 개의 층을 쓴다. 옥상의 절반 정도는 입주민 공용 화물 드론 착륙장이지만, 굉장한 호사다. 그래서 가격도 다른 층의 두 배고.
 여기는 이제 전 세계 부자들의 휴양지. 집 밖으로 안 나가고도 죽을때 까지 살 수 있는, 모든 게 갖춰진 비밀의 요새 답게 한낮인데도 텅 빈듯 고요하다. 혹시 아무것도 안 하려고 온 일 중독자들 뿐인가?
 아직까지도 점프수트 작업복 차림인 철이와 산초. 하는 일 없어도 일과 시간에 맞춰 일어나 밥을 챙겨 먹는다. 모든 걸 다 해낸 지금. 부자처럼 여유와 사치를 누릴법도 한데, 어쩐일인지 이모양이다.

 "이제 뭐 하냐~"
 거의 득도한 것처럼 산초가 묻는다. 더는 해야 할 것도, 하고싶은 것도 아무 것도 없다는 것처럼 들린다.

"글쎄, 한국에다가 카페나 만들어 볼까? 내가 부자되면 꼭 해야지~ 생각했었거든. 도서관처럼 크게 해서 누구나 일할 수 있게 일자리도 만들고, 공부할 데 없는 사람들도 눈치 안보고 맘껏 하게 하고. 이름을 카공으로 할까? 아니면 실없는이나... 퍼주는?..."
 잠시 철이를 부러운 눈빛으로 쳐다보던 산초. 말없이 한숨을 푹 쉰다.
"왜, 돌아가고싶어?"
"아니. 그런건 아니고."
"휴~ 다행이다. 한국 가고 싶어 할까봐 걱정했는데."
 대꾸없이 계속 쳐다만 보는 산초. 이런, 놀아달라는 거야...
 하기야, 더 이상 잔소리 할 아빠도, 가게 사장도, 해야 할 알바도 없는데다 친구는 나 한 명 뿐이니, 충분히 이해된다.

1. 작가
2. 중국요리
3. 재활용 공장
4. 우주선 만들기

 노트를 한장 찢어 산초에게 하고싶은 일을 적어보라고 했다. 뭔가 끄적이는 것 자체가 재밌는 놀이다.

...작가를 하고싶다고?...
 의외라서 쳐다보면, 멋쩍다는 듯 머리를 긁는다.
 철이 때문에 알바를 계속 할 수 있게 된 그날 이후로 하고 싶어 졌다는 산초. 시간이 흐를수록 이 모든 기적같은 위대함을 만들어가는 상상력의 힘을 두 눈으로 직접 확인한 후엔 더 하고싶어졌다고.

"지금처럼 그냥 생각나는 걸 끄적이면 돼. 매일 일기 쓰는 것도 좋고. 그게 작가야. 작가가 되고싶다고 생각 한 것 그 자체로 이미 작가니까 이거는 패스."
 좀 피하고 싶어서 서둘러 넘어간다. 사실 요즘 이것 때문에 고민이 시작되는 중이다. 일단 여기까지.
 다음, 중국요리는 어릴적부터 집에서 항상 접해온, 잘 아는 거라 적었고, 재활용 공장은 구청 알바 하면서 세상에 필요한 일이라고 생각했었다고.
 우주선은, 여기서 빠져나갈 방법이 우주로 가는 것 일거라 생각해서 적어봤다고 한다.

"제일 하고싶은것 하나만 골라."
 심각한 표정으로 고민하던 산초. 마침내 결정한 듯, 막 대답...

- 주인님. 메시지가 왔습니다.

갑자기 나타난 M2가 끼어든다. 메시지??

목에 걸린 단말기를 확인하면. 관리자 메뉴 창에 새 메시지 표시가 깜빡거리고 있다. 여태 처음으로 받아보는 메시지. 누군가 직접 철이를 지목해서 메시지를 보낸 것이다.
 심지어 1분 간격으로 똑 같은 걸 6개나 보낸 상태. 시간을 확인하니 지금이 7분 째 차례다. 철이가 안보니까 관리 시스템에 들어가 M2에게 직접 연락한 것.

 음... ㅁㅊ놈인가?

 어쩐지 내키지가 않아 그냥 삭제를 누른다. 이런 식으로 엮을 수 있다고 생각했다면 사람 잘못 봤네. 핏덩이 자식같은 작품 보내놓고 7년을 쌩까여본 사람한테. 쯧.
 알아서 처리하라고 하려고 다시 M2쪽을 쳐다본다.

 - 11동 80층에서 보내왔습니다.

 먼저 말한 M2. 이어 금색으로 빛나는 지갑 크기의 물체를 들이민다.
 이건... 오페라 글라스잖아? 귀족들이 무대에 선 배우를 더 잘 보려고 갖고다니는 거.
 오페라 글라스를 눈에 대고 마주보이는 건너편 건물을 향해보면, 저쪽 80층 테라스에서 마찬가지로 오페라 글라스를 눈에 댄 채 이쪽을 향해 손을 흔들고 있다.
 남자 둘에 여자 둘... 어째 대학생 같아 보이는데?

*

 11동 테라스로 사뿐히 내려앉는 철이와 산초.
 어깨 부위 양 쪽에 날개처럼 돋아있던 잠자리형 날개가 소리도 없이 장치 안쪽으로 사라지면, 감쪽같다.
 안도의 한숨을 내 쉬는 산초. 아직까지 비행에 익숙하지 않아서 저러는 게 아니다.
 날마다 식재료에, 주문제작한 물건들을 찾으러 갈때 쓰는 층간 이동모드는 부드럽다. 하루에도 두세 번은 저층부를 오가며 충분히 익숙하기도 하고.
 자율 비행모드, 게다가 맨 몸으로 건물 고층에 몰아치는 강풍과 싸우며 200m정도의 거리를 날아온 것. 목적지를 설정해두면 알아서 하는 자율 비행이라 편안하게 몸을 맡기고 있으면 된다지만, 실제로는 왠만큼 강심장이 아니라면 시도하기 쉽지않다.
 80층 높이에서 건물과 건물 사이를 비행한 사람은 이 둘이 처음일 것이다. 지켜보던 일행으로부터 박수와 환호가 터져나온다.

 과감하게도 층 전체의 절반, 100평 정도를 야외 테라스로 해 놓은 광경.
 한복판의 커다란 야외수영장 주변으로, 거실처럼 테이블과 소파를 갔다놨다.

기둥들 마다 화장실이 있고. 잘 갖춰진 주방에다... 내부를 마음대로 꾸밀 수 있다는 점을 극단적으로 추구한 듯한 모습. 심지어 여기는 이 80층 뿐만이 아니다.
 출발 직전, M2가 간략하게 해준 설명으로는 76층까지 5개 층이 계단으로 연결된 구조라고. 한 집에 한 명씩, 다섯 명의 주인들이 모여사는, 가족같은 공동체라는것.
 소파에 앉아있는 건 많아봐야 20대 중반으로 보이는 얼굴들. 철이를 향해 오라는 손짓을 하고 있다.
 저렇게 젊은 애들이, 여길 5개나 샀다니... 어쩐지 저쪽 표정도 우리를 보며 비슷한 생각을 하는것 같은데?
 그리고 아까 오페라 글라스로 본 네 명인데. 하나가 빈다.

"새로운 호텔 와서 총 지배인 만나는 것 같은거다."
 왜불렀냐는 철이의 질문에 일행의 가운데 앉은 금발머리 남자의 스페인어 대답. 호세라고 했다.
 이곳에 와서 처음으로 단말기의 통역 모드를 써본다. 생각보다 한국어 느낌 괜찮은데?... 물론 저쪽도 단말기를 갖고 있지만, 초면에 통역까지 해서 들려달라고 하는 건 실례니까.
 호세의 오른 쪽에 있는, 갈색머리를 어깨까지 늘어뜨린 남자애는 헤수스. 왼쪽의 보라색 양갈래로 딴 머리로 초롱초롱 쳐다보는 여자애가 엘레나. 그 옆에 단말기가 신기한 듯, 뭔가 열심히 딴짓중인 까만 단발머리가 마리엘라.
 서로 친척이라는 말에 유럽 귀족을 떠올리다가도, 티셔츠 반바지 차림으로 제대로 씻지도 않는 꼬라지. 심지어 테이블 위에 놓여있는 건 떡볶이랑 컵라면, 쵸코칩... 쿠키네??
입맛이 한국인 이 스페인 놈년들. 정체를 전혀 가늠할 수가 없다.

"뭐, 조심할거 있어? 물에 악어가 산다든지. 여기서 수영해도 돼?"
여기 오래 살았던 것도 아니고, 물에 들어갈 일도 없어서 모르지만, 된다는 의미로 고개를 끄덕여준다. 이 전에 집을 잃었던 원주민들도 물 위에서 살때 물고기 잡아 먹으면서 잘 지냈다고 들었던 것 같다.

"1동 사는 원주민들만 조심하면 돼. 원래부터 살던 터줏대감이니까. 아시다시피 모든 건 로봇이 관리하고, 난동부리면 곧바로 추방된다. 추방되면 1년간 여기 못들어와."
나도 반말을 쓴다. 어차피 통역된 말로 들을테니 정확하기만 하면 된다. 아니 더 정확히 말하자면, 통역기가 알아듣게만 하면 된다. 어쩐지 점점 로봇화 되어가는 기분. 이래도 괜찮은 건지 모르겠다.

"플라잉카도 그렇고, 이런 기술들은 도대체 어디꺼야? 한국?"
아까부터 단말기만 만지작거리던 마리엘라가 쳐다본다. 눈 색깔이 연한 푸른빛이다.
"비밀이야. 이 장소 처럼. 그렇다고 외계인 기술이라든가, 검증 안된 불안정한 건 아니다. 때가 되면 밖에서도 어느 날 시작되겠지. 핸드폰 처음 나올때처럼."
 이 기술들의 출처는 철이도 모른다. M의 존재부터 시작해서, 모든 것이 미스터리다.
 뭔가 정확히 알고 말하는 것처럼 들리면 될 뿐이다. 그런 걸 총관리자가 모른다고 하면 좋지않을테니까. 다행히 눈 앞의 애들이 이해했다는 듯 고개를 끄덕거리고 있다.

 갑자기 호세를 쳐다보며 뭔가 눈짓을 보내는 헤수스.
"뭐라고? 안돼~"
"왜, 귀여운데~ 난 찬성."
 엘레나가 씨익 웃으며 중얼거린다. 여기가 얘네들 집이기도 하지만, 지금 이 놈들이 벌이는 게임 속에 들어와 있는 것 같다. 도대체 무슨 꿍꿍이들인거지? 산초와 불안한 시선을 교환한다.

"입단식. 통과하면."
 뭔가 엄격하게 말하는 호세. 얘가 대장인가?
 금발머리. 눈코입이 제대로 붙어 있긴 하지만 눈에는 눈곱이 덜렁거리고, 입 주위로는... 말라붙은 침 자국이 남아있다. 대장이라고 하기엔 너무 시답잖은 것 같은데, 이녀석이?
 어느 순간, 수영장 밖으로 솟아나듯 올라서는 여자애 한 명. 잠수 장비를 벗으며 젖은 머리를 휙 터는데... 눈부신 듯한 은발. 물방울이 사방으로 퍼지며 다이아몬드처럼 빛나는 것 같은 착시효과가 난다.

"인사해 피오나 공주님이야. 이 집 주인."
 어떻게 수영복까지 공주옷같은 걸 입었네, 진짜 공주일까? 생각하며 멍하니 서 있는데, 피오나가 철이를 향해 다가온다. 눈이 예쁜 초록빛을 띄고있다.
 갑자기 한 쪽 손을 앞으로 뻗는 피오나. 이건, 손등에다 키스하라는 거 아냐? 잠깐 머뭇거리던 철이. 조심스럽게 손을 잡아서 입 쪽으로 끌어당기는데...

"무릎 꿇고."
 뒤쪽에서 들린 소리에 황급히 무릎을 꿇어버린다.
"하하하하 진짜 꿇었어~"
 낄낄거리며 과자를 던지는 일행. 뒤통수에 정통으로 맞은 철이가 당황해서 얼굴이 시뻘게진다. 옆에서 한 소리 하려는 산초를 붙잡아 말리는 철이. 그대로 돌아서 나가는데, 누군가 어깨를 살짝 붙잡는다.

"친척들이 짓궂게 한 거 사과할게. 너네랑 친해지고싶어서 저러는 거야. 알지?"
 코 끝에 퍼지는 알싸한 과일향과 함께 귓가에 들리는 감미로운 목소리. 돌아보면 피오나가 뺨에 살짝 키스를 해준다. 부드러운 감촉에 온 몸이 녹아내리는 기분. 저도모르게 고개를 끄덕인다.
 산초에게도 쪽.
 계속 낄낄대며 던져대는 과자에 맞으며 플라잉 장치를 켜는 철이와 산초. 단말기의 버튼을 누르면, 잠자리형 날개가 펼쳐나와 사뿐히 날아오른다.

*

딱.

 움찔.
 무의식 중에 단말기를 들어 화면을 확인한다. 또 알람을 지나쳐 잤다. 요즘 계속 이러네...
 거실 다음으로 넓은 통창이 있는 철이의 방. 블라인드 틈새가 화창한 날씨임을 알리듯 반짝거린다.
 다시 눈을 감는다. 오늘은 뭘하지...
 이름만 총관리자. 딱히 해야 할 일은 없다. 그냥 계좌로 들어오는 월급만 확인하면 될 뿐, 모든 건 인공지능 관리 시스템이 알아서 한다.
 이 모든 여유가 시작되는 순간. 책도 안 읽히고, 글쓰기도 전혀 못하고 있다. 작품속 상상을 실제로 만들어 버린 충격 때문인건지 뭔지.
 진짜로 한국에다 카공족 카페나 시작해 볼까?...
 생각나는 대로 말한 걸 실제로 하려니 생각이 또 바뀐다. 이왕 일 벌일 거, 뭔가 색다르고 싶다. 카페를 넘어서 한국의 카공족들이 진정으로 활개칠 수 있도록 할만한 걸로. 카공족이 진짜로 원하는게 뭘까? 그들을 감동시킬 만한 거. 카공족민 마을?

...출판사.

 마지막 흉터. 그 좌절의 기억이 뇌리를 때린다.
 그래 출판사. 지금의 난, 그때의 나처럼 버려진 영혼들에게 한 줄기 빛을 줄, 그런 출판사를 만들 수 있어. 정말로 이야기 속에서 살고싶은 그런 사람들이 오면, 그 작품을 책으로 내고, 서점에 유통 시키고, 번역해서 해외에도 선보...

탕.

 이 소리는... 창문에 새라도 부딪혔나? 확인 해 볼까 하지만, 귀찮다. 그래, 이 귀찮음이 문제야. 멀리 가지 말고 여기의 일상을 잘 지낼 방법이나 생각해봐야겠다.
 어디부터 시작해볼까... 이 왕궁같은 펜트하우스에서 지내기 시작한 지 벌써 일주일. 매일 식재료 구하러 아래층 마트 다녀오고, 산초 불러서 집에서 스쿼시 같이 했고,
 그나마 특별했던 건, 어제 나를 초대한 그 스페인 애들이...

퍽.

 마침내 자리에서 일어나 창문쪽을 확인하는 철이. 블라인

드를 열면, 창 유리에 꽂혀있는 화살. 아니다, 끝 부분에 빨판 같은걸로 붙어있다. 설마...
 아직 서랍장 위에 놓여있는 오페라 글라스를 집어드는 철이.
 창 밖을 살피면, 맞은편 테라스에서 이쪽을 향해 손을 흔들고 있는 피오나의 모습이 보인다.
 어깨에 양궁 활을 둘러맨 채, 한 쪽 손에 든 화살의 목 부위를 보라는 듯 가리켜대는 그녀.
 여기까지 200m나 되는 거리를 화살을 날린 것. 양궁 과녁보다는 훨씬 큰 표적이긴 한데, 이건 도대체...
 글라스에서 눈을 떼고 창문에 붙어있는 화살을 보면, 목 부위에 쪽지같은게 붙어있다.

- 차갖고 11동 주차장으로 와요. 피오나 -

단말기 화면의 번역 내용을 다시 한 번 확인하는 철이.
아무래도 건너편 11동에 새로운 친구가 생긴 것 같다.

*

테라스 한쪽에 세워진 빨간색 플라잉카.
 한 마리 재규어를 연상시키는, 날렵한 쿠페 형태. 이런게 철이가 상상했던 플라잉카의 모습이다.

지금 이 점프수트 작업복이랑 의외로 잘 어울리는군...
 건물 주변의 이동은 개인용 플라잉 장치로 하는게 더 편하고, 딱히 타고 갈 곳도 없어서 지금 처음으로 탄다. 어쩐지 긴장되네...
 문을 닫자, 저절로 시동이 켜진 듯 웅- 울리며 약간 공중으로 떠오르는 상태가 된다.

 전기차와 비슷한 플라잉카. 전기차 설계도에 드론과 항공기의 요소들을 조합해서 만들어 낸 결과물이라 그렇다. 운전석 정면의 창에 속도나 고도, 주행경로, 주변 지도같은 필수 정보들이 디스플레이된다.
 목적지 버튼을 누르고, '11동 주차장' 을 입력하면, 경로와 소요시간이 표시되며 최종 확인을 기다리는 '운전시작' 버튼이 깜빡인다.
 기본 설정은 자율비행 모드. 수동비행 하려면, 핸들을 잡고 가운데의 빨간색 버튼을 누르면 된다. 가속은 핸들 오른쪽 부위에 달린 버튼을, 감속은 핸들 왼쪽의 버튼이다.
 가속 버튼을 누르자 차체가 살짝 앞으로 기울며 서서히 움직여 테라스를 훌쩍 벗어난다. 80층 높이의 공중에 뜬 기분이란... 믿겨지지 않게 짜릿하다.
 핸들을 약간 차체쪽으로 밀듯이 기울이면, 주차장이 있는 건물 아래쪽 방향으로 비행한다.
 목적지에 가까워진 경로표시. 시야에 11동 10층에 위치한 공용 주차장이 들어온다. 지지 기둥만 군데군데 세워진 텅 빈 장소. 각자의 플라잉카에 탄 채로 기다리는 피오나 일행의 모습이 보인다.

 피오나가 탄 보라색 플라잉카 쪽 가까이로 내려앉는 철이. 보면, 기본 형태에 색깔만 각자의 취향에 맞춰놨다.
 딱 봐도 자동차에 별로 관심이 없어 보이는데, 시작부터가 조짐이 좋지 않은 걸? 이거 운전면허나 제대로 있는 놈들인지...
 차에서 내린 피오나. 인사고 뭐고, 철이의 플라잉카에 완전히 빠져든 것처럼 차 주위를 한 바퀴 돌기시작한다.

"철이라고 했지? 너한테 부탁좀 할 게 있어서 불렀어."
 어느새 우르르 몰려나온 친척들. 호세가 나서서 말한다.
"부탁? 뭔데?"
 어쩐지 불길하다. 플라잉카를 타고 육지로 탐험가자는 건 아니겠지? 버티컬 시티의 모든 소유물은 이곳에서 50km 이상 못 벗어난다고 계약서에 명시되어있는 걸로 안다. 그 이상 벗어나면, 불필요하게 눈에 띌 것이다. 그러다 원치 않는 관심을 받으면 문제가 시작될거고...

"동네에서 레이싱좀 하려고. 네가 총관리자니까, 다른 사람들에게 피해 가지 않게 교통 정리좀 해주라. 너 말야, 솔직히 우리한테 오고싶은 거잖아. 이거 하게 해주면, 한 번 생각해 볼게."
"잠깐, 뭔가 오해가 있는 것 같은데... 너네 패거리에 끼고 싶지 않아."

레이싱이라니, 생각지도 못한 말에 정신이 혼미할 정도. 이건 전혀 감도 안잡힌다.
 "딱 한 바퀴만 돌게. 보이지도 않는 1층 밑바닥을 누가 본다그래~"
 "여긴 너네 동네가 아니야. 안되는 건 안되는 거야."
 "그 말은, 이제 우린 적이라고 생각하면 되는 거냐?"
 정색하는 호세의 말에 갑자기 싸해지는 분위기. 상대는 5명에 난 혼자. 이럴줄 알았으면 M2라도 같이 데리고 나올걸, 하는 후회가 밀려온다.

 "이 플라잉카라는 게 밟으면 얼만큼 나가나, 브레이크는 잘 드나 봐야겠다고~ 진짜 안전한건지도 확인할 겸 말이지. 이건 소비자로서의 권리야. 우리의 권리. 됐지?"
 적절한 타이밍에 피오나가 끼어든다. 휴~ 입주민과 이 지경까지 엮일줄이야. 이제부터 이 놈년들과는 거리를 좀 둬야겠다. M2를 비서 삼아서.
 일단 지금 이 상황은 M2에게 물어봐야겠는데...
 전화찬스를 쓰는 철이. 일행의 관심이 철이의 통화 내용으로 쏠린다.

*

11동 1층의 건물 기둥 사이로, 수면 위에 살짝 뜬 채 호버링 중인 5대의 플라잉카. 1동과 11동의 중간 쯤 되는 수면 위, 플라잉카에 탄 철이가 저 피오나 일행을 지켜보고 있다.

 - 원형을 그리며 늘어선 10개의 건물. 호수면과 접한 1층은 텅 빈 공간이다. 3m정도가 띄워진 상태인 그 아래로 한 바퀴 돌면 3km정도의 거리. 플라잉 카의 최고 속도가 시속 200km 정도이니, 대략 1분 정도 경주가 될 것이다. -

 허가 여부를 물어봤는데 M2가 해준 답변. 순간적 오류는 아닐테고, 뭔가 정치적인 판단을 한 것 같은데... 인공지능이란, 알다가도 모르겠다.

 "무슨일이야?"
 옆에다 차를 세우고 묻는 산초. 조그맣고 둥근 소형차 같은 플라잉카. 어쩐지 주인을 닮았다. 좀 도와 달라고 불렀다.
 "저기 봐. 얘네들, 레이싱을 하신덴다. 플라잉카로."
 "...진짜네... 저러는 게 전혀 어색하지가 않은데?"
 "이쪽은 내가 맡을테니까, 건너편 7동쪽 가서 망 좀 봐줘. 혹시 플라잉카 타고 내려오는 사람 있으면 1층으로 못들어가게 막아야 돼."

 산초가 자리잡는 걸 확인한 후 약속한 경적을 힘껏 누르는 철이.

　　　　빠아아아앙!!~

 곧이어 11동 1층 밖으로 5대의 플라잉카가 튀어나온다. 수면에 닿을 듯 날아가는 덕분에 꼬리부분에서 물보라를 튀기며 질주하는 모습. 보기만 해도 시원하다.
 적막 뿐이던 이 초고층 건물의 숲을 제대로 휘저어 놓을 줄 아는 저 악동들...
 뭔 일이 터질 듯 불안하기도 하고, 한편으론 가슴 한 쪽이 설레이는 복잡한 기분에 휩싸이는 철이. 혼란스럽다.

 별것없이 눈 깜짝할 새에 끝나버린 레이싱 경주. 피오나가 1등을 한 듯, 보라색 플라잉카가 빙글빙글 춤추듯 원을 그리며 11동의 꼭대기층을 향해 먼저 올라가면, 나머지 일행들이 그 뒤를 맥없이 쫓아간다.
 안도하는 철이. 산초와 만나 2동의 집을 향해 날아오르기 시작하는데... 1동 아래로 반 쯤 삐져나온 뿔 모양의 물체. 처음 모였을 때부터의 모든 상황을 카누에 탄 원주민 하나가 지켜보는 중이다. 철이와 산초까지 테라스 안쪽으로 완전히 사라질때까지 노려보는 원주민.
 근처의 나무 뿌리를 엮어 내린 사다리로 훌쩍 타오르더니, 2층을 향해 올라간다. 안쪽에서 연녹색의 연기가 계속 흘러나오는 곳. 족장의 집이다.

 지난 일 주일 간 특별한 일은 없었다. 제로다.
 비가 두 번 정도 하루종일 내렸고, 나머지는 끝없이 넓은 호수 한 복판에서의 정지된 듯한 일상이다.

 산초와 중국 요리를 시작했다. 산초가 하고싶은 일들 중 같이 하기 쉬운걸로 정했다. 우리집 주방에서 하는 덕분에 아무것도 없었던 주방이 제법 모양새를 갖추게 되었다. 산초는 메뉴 연습이 끝나는 대로, 중국집을 오픈하겠다고 했다. 비밀 도시의 유일한 식당이 되겠다고.
 그리고, 드디어 글을 쓰기 시작한 철이. 이곳에서의 이야기로. 산초에게 했던 말을 자신에게 돌려 일기나 써볼까 하고 끄적이다가 마침내 시작되었다!
 한자 한자 단어를 어루만져가며 보고 듣고 느낀 것들을 재구성 하는 작업. 마법처럼 빛바랜 모든 것이 원래의 색을 되찾았다. 그렇게 우리는 삶의 제 자리를 찾은 것 같았는데...

 연락이 없던 피오나. 갑자기 오후 늦게 암호같은 숫자를 보내왔다. 산초와 함께 오라며. M2에게 보이니 주변 지도에 위치를 표시해준다. 도저히 예측이 불가능한 초대장이다.

총관리자와 입주민의 차이는 단말기 화면에 관리자 메뉴가 있다는 것. 누르면, 전기, 수도, 가스 등 전체 에너지 이용 현황, 식량 생산 현황, 주문 제작되는 모든 제품들의 진행상황, 로봇 경찰이 출동한 기록까지 일목요연하다. 모든 것은 인공지능에 의해 관리되고 있고, 총관리자는 그걸 확인만 하면 된다.

 만에 하나 여기서 살인 사건이 일어난다면? 영화 같은 상상인데... 모든 걸 건너 뛰고, 일단 해당 인간의 생체 정보가 심각해진다. 그 즉시 응급 구조로봇이 출동, 해당 위치에 1분 안에 도착한다. 웬만해서는 죽기도 어렵다. 그렇다면 살인 용의자는? 누군가 한 쪽에 의한 공격 사실이 판명되는 그 순간, 로봇 경찰의 추격이 진행된다. 이곳은 100% 인공지능으로 관리되고 있는 최첨단 도시. 도망칠 곳은 광대한 호수와, 그 너머에 들어선 정글 뿐. 상대 로봇의 추적 능력은 조준 발사된 총알처럼 정확하고 치명적이다...

 이런 암호같은 걸 보내와도, 어디 있는 지 찾을 수 있는 건 다 인공지능 덕분이다. 게다가 무슨 일이 생기더라도, 웬만해선 별 걱정이 되지 않는다. 치밀한 계산력과 정확한 실행력을 겸비한 냉혹한 킬러가 모든걸 지켜본다. 그리고 어쩔 땐 말을 안해도 알고 달려오니까 말이다.

 플라잉 장치를 켜고 좌표를 향해 날아가는 철이와 산초. 멀리 흰색 점이던 물체가 가까워진다... 요트다.

저기로 부른 것. 이 아무것도 없는 흙탕물의 바다 위에 요트를 한 척 끌어다 놨다.

                                *

 요트 메인 데크 위.
 둥그렇게 선베드를 둘러놓고 한 자리씩 앉아있는 피오나 일행. 그들 사이, 철이와 산초가 어정쩡하게 껴있다.
 여기까지 요트를 들여온 장본인은 호세. 할일 없으니까 엄격한 체 하는 것 같은, 이상한 매력의 맏형. 이번엔 맘껏 호수를 돌아다니며 놀 생각을 했나보다.
 첫 게스트로 철이와 산초를 불렀다고. 보안 규정상 여기로 외부 게스트를 불러들일 수 없고, 입주민들 사이엔 마주쳐도 안보이는 것처럼 행동하니까, 사실상 선택지가 없다. 우주 여행 와중에 선택지가 없는 것처럼.
 철이에겐 집이지만, 이들에겐 휴양지. 이들이 서서히 이곳을 못견뎌하는 게 눈에 보인다. 온지 2주가 흘렀으니, 실증 날 때가 됐다. 오가는 건 자유고. 로봇에 의해 완벽하게 관리되는 비밀 아지트이니, 문제될 게 전혀 없다. 이제 며칠 내로 돌아갈 것이다.

 보면 다들 제법 산뜻해 보이는 옷들로 갈아입고... 신발까지 맞춰서 신은 것 같다. 제대로 외출 좀 하셨는데?

여전히 똑같은 점프수트 차림 철이와 산초. 그래서인지 오늘따라 시선이 따가운 것 같다...
 어째 뻘쭘한 분위기가 이어지는 상황. 하필이면 옷의 재질 때문에 조금씩 선베드에서 미끄러지는 기분이 계속중이다. 그런데 왜 저렇게 계속 쳐다보지?...

"좋아. 누가 먼저 자기 얘기좀 해봐. 초대한 손님도 오셨으니까."
 마침내 말을 꺼낸 호세. 다들 못 들은척 딴짓을 계속 한다. 옆에 앉은 헤수스를 툭툭 치기 시작하자, 양손을 들으며 항복한다는 표시를 한다.

"음... 내 인생에서 가장 쪽팔렸던 일은, 대학교 1학년 첫 방학때였어. 삼촌네 백화점에서 알바를 해야 했었는데, 그 때 처음 점프수트를 입어봤지. 볼일이 급한데, 지퍼가 고장나는 거야. 저 옷이 지퍼를 위에서부터 아래까지 완전히 다 내려야 볼일을 볼 수 있거든~"
 거기까지 말을 한 다음에 엉덩이를 움켜 쥔 채로 주위를 한바퀴 뛰어다니는 헤수스. 여자애들이 코를 쥔 채 냄새라도 나는 것처럼 표정을 찌푸린다.

"사실 너넬 여기로 초대한 건, 이유가 있어. 혹시, 피검사라고 들어봤어?"
 어쩐지 사악한 표정을 짓는 듯한 호세.

"피검사?... 피?"
 문득 다른 애들의 시선이 전부 철이와 산초를 향해 고정된 채 번득이는 모습. 심지어 엘레나는 군침 돈다는 듯이 혀로 입술을 핥고있다. 뭐야, 설마... 뱀파이어??

"먼저... 그래 너부터 해야겠어. 곱슬머리 친구."
 지목을 당하자 갑자기 눈을 꼭 감은 채 성호를 긋는 산초.
"하늘에계신 우리아버지 아버지의 이름이 거룩하게 빛나시며 아버지..."
 ...미친듯이 기도문을 쏟아내기 시작한다.
"아하하하하! 아 미치겠다!~"
 폭소를 터뜨리며 떼굴떼굴 구르는 일행들. 덕분에 산초가 제정신으로 돌아온다.

"자 그만. 피검사용 질문을 한다고~ 그냥 솔찍하게 얘기하면 돼."
 혈통 검사를 하겠다는 것 같다. 플라잉 장치가 재충전 될 때까지 20분. 이제보니까 최소한 그만큼을 붙잡아 놓고 저걸 하겠다고 작정한 것 같다. 고문기술자같은 놈년들...
 이태원 서민 출신인 나나 산초나 귀족을 만나는 건 난생 처음이다. 한국도 아니고, 스페인 귀족... 어쩌면 쟤네는 저러는게 일상일지도 모르겠다.
 살짝 열받은 표정을 한 채 날 쳐다보는 산초에게 그냥 하라는 손짓을 날린다. 설마 죽기야 하겠어?

"팬티 꼬매 입은 적 있다 없다."
 갑자기 산초의 얼굴이 시뻘겋게 달아오른다.

 '...오오, 신선한데? 그런 건 어디서 들었어.'
 '...내 유모가 한국인이었잖아. 이것저것 궁금해서 물어봤으니까 알지~'
 정작 애들의 관심은 질문을 한 호세에게 쏠리는 상황.
 당연히 있다. 겉에서 보이지 않으니까 가장 많이 꼬매 입는게 팬티랑 양말이다. 만 원에 네 장짜리 사면... 한 3년은 입지 아마?
 질문이 뭔가 당황스럽기도 하고... 그래, 모욕적이다. 우리 부모들이 죽을 때 까지 반복하고 사는 것. 우리가 무의식적으로 숨기고 싶어하는 구질구질한 그것 그대로 눈앞에다 들이대는 것 같다.

"왜 아무 말을 못해~ 대답 못하면 벌칙있어~"
 계속 고개를 푹 숙인 채 말을 못하는 산초. 이런 xxxx...
"그 벌칙, 내가 받을게."

"이리오세요. 내가 잘 봐줄테니까 걱정하지 마시고~"
 근처 난간으로 가서 손짓하는 호세. 어쩔 수 없다. 난간을 향해 걸어간다.
 수면 아래에 뭐가 있는지 전혀 알 수 없는 흙탕물의 모습.

이럴 줄 알았으면 미리 M2에게 이곳 호수에 어떤 것들이 있는지 자세히 알아두는 건데. 눈을 꼭 감고 심호흡을 하는 철이.

"악!..."

비명소리에 눈을 뜨면, 풍덩! 호세가 물에 빠져있다.
 어푸푸 기겁하는 걸 낄낄거리며 구경하는 일행. 호세가 서 있던 자리에 선 피오나. 내 쪽을 보고있다.
 날, 구해줬어...

"따라와."
 플라잉 장치를 건네는 피오나. 철이에게 살짝 윙크를 날린다.

*

봄날씨처럼 포근한 바람.
 하염없이 어딘가를 향해 날아가는 피오나. 철이가 그 뒤를 따라 날아간다. 10분 째 이러고 있으니, 이제 사방이 호수 뿐이다. 슬슬 불안한데...

"어디까지 가려는 거야?"

"겁나냐? 빠지면 내가 구해 줄게."
 한바퀴 빙그르르 돌더니 수면위로 낮게 스케이트를 타듯 난다. 모든 게 완벽하다. 꿈인지 생신지 모를 만큼...

"저기 뭐가 있네. 저거 숲 아니야?"
 문득 피오나가 손으로 가리키는 곳을 보니, 호수 한복판에 난데없이 숲 처럼 커다란 나무들이 모여있는 모습.
 설마, 저 숲, 그때 그 숲은 아니...
"저기는 가면 안돼. 야!"
 말리려고 할 새도 없이 이미 속력을 높여 날아가버린 피오나. 철이가 서둘러 쫓아간다.

 숲의 맨 끝에 따로 떨어지듯 서있는 거대한 나무.
 그 숲이 확실하다. 저 나무가 기억난다. 하필이면 족장이 근처에 얼씬도 말라던 그곳에 온거다...
 위에다가 살림을 차려도 될만큼 튼튼해 보이는 나무가지가 층층이 사방으로 뻗어있다.
 가장 주변이 잘 보이는 줄기에 나란히 걸터앉은 피오나와 철이. 이걸 설명할 타이밍을 놓쳐버렸다. 주위엔 아무도 없고, 지켜보는 것도 아닐테고, 게다가 난생 처음 느껴보는 이 알수없는 감정. 간지러운 듯, 아픈 듯, 그냥 딱 지금 이대로 죽어버릴 것 같다...
 지금 이 순간을 깨고싶지가 않다. 뭐, 어떻게든 되겠지.

"고등학생 때 군사훈련을 받았어. 내 고양이랑 같이."

고요함을 깨는 피오나. 뭔가 말이 이상한데? 쳐다보는데, 고개를 돌리고 있어서 얼굴이 보이지 않는다.
 "이런 정글 한 복판에 있는 비밀기지였어. 특수부대원 20명 정도가 생활하는 곳이었는데, 나는 기지 안쪽에 숨겨져 있는 벙커같은 곳을 혼자 썼지. 거기서 방학을 보내야 했어."
 이야기를 하면 할 수록 목소리가 조금씩 떨리는 것 같다.

 "...똑같이 일어나고, 밥 먹고, 사격연습하고, 수류탄도 던지고, 포복에 접근전 무술에... 부대원들이 나한테 잘 해줘서 별로 힘든 건 없었어. 그냥 하루 종일 하는 체육시간 같은 정도였어. 밤이 되서 잠을 자야 하는데, 답답해서 도저히 잠이 오지 않는거야. 몰래 벙커 밖으로 나와 보니까 정글이라서 다행히 근처에 몸을 숨길 정도로 큰 나무들이 제법 보이더라고. 보초들 눈에 띄지않게 몰래 나무 위로 올라가니까, 기지 밖도 잘 보이고. 거기서 겨우 잠을 잘 수가 있었지. 그다음 날도 똑같이 그러고 있는데, 벙커가 폭발했어... 날 죽이려고 밖에서 쏜 미사일에 내 고양이가 죽었지."
 어느새 볼에 흐른 눈물을 닦고있는 피오나. 몸이... 떨리고 있다.
 "내가 복수해달라고 해서 부대원이 전부 출동했는데, 다 죽어 버렸어... 그일 이후로 집을 나와서 친척들이랑 살고 있어. 쟤네가 저래 보여도 최소한 나만큼 끔찍한 기억은 없는 애들이야. 너무 미워하지 말아줘."

어쩐지 위로해줘야 할 것 같다. 용기를 내서 어깨에 손을 얹는 철이. 그러자 피오나가 머리를 살며시 기대어 온다. 한동안 둘 사이에 침묵이 흐른다.

 "너의 그 벙커, 나한텐 집이었어. 숨막혀서 살 수 없는 곳. 난 항상 뭔가가 결핍되어 있었는데, 그땐 그게 뭔지 도저히 모르겠더라고. 내 부모는, 날 버렸어..."
 잠시 어색하게 숨을 고르는 철이. 그때의 기억이 목을 휘감더니, 단단하게 조르기를 시작해서다. 그런 모습을 가만히 바라보던 피오나. 조심스럽게 등을 툭툭 두드려주는데, 순간 마법처럼 조여들던게 풀어진다. 휴, 다행이다.

 "...그래서 항상 쇼핑몰이나 공원같은 데서 밤 늦도록 있다가 들어갔지. 그러다 산초를 만났어. 동네에 공원이 하나 있는데, 거기가 걔네 집 근처였거든. 그후론 거의 걔네 집에서 살다시피 했고. 내가 찾아낸 새 가족이지. 사실은, 나 작가야. 쓴거 한번 볼래?"
 내친 김에 단말기에서 쓰던 소설을 꺼내 번역 버튼을 누른다.

 "우와~ 이걸 너가 썼다고??"
 갑자기 독서모드가 되어 몇 페이지 읽던 피오나. 놀란 표정이 됐다. 저 정도면 SF를 좋아한다는 건데... 어쩐지 안도감이 든다.

"버티컬 시티를 완성할 수 있었던 것도, 그 이야기 덕분이지. 이제는 부모님한테 감사해. 나를 놓아 주셔서. 그게 내가 작품 속에서 살아가는 방법을 찾을 수 있게 했으니까."
 어쩐지 허전함이 밀려든다. 순간 내 볼에 부드럽게 닿는 따듯한 손. 처음으로 피오나와 눈을 정확히 마주친다. 그대로 점점 가까워지기 시작하는데...
 뭔가가 아래쪽에서 빛을 발하기 시작한다. 이어지는 띠리리링- 전화벨소리. 피오나의 단말기다.

 '어디까지 간거야?... 잠수내기 하기로 했어... 물 속에서 신기한 거 발견하는 사람이...'

 통화를 마친 피오나. 먼저 플라잉 장치를 켠다.

 점점 가까워지는 요트의 모습. 호수에 뛰어들어 물장난을 치고있는 애들이 보인다. 우리 이전에 원주민들이 저러고 있었겠지만, 뭔가에 붙잡혀 물 속으로 끌려들어갈 수도 있을 텐데... 뭐야저거, 산초도 있잖아?!
 갑자기 속도를 늦추는 피오나. 철이를 가운데 둔 채 허공을 빙글빙글 돌기 시작한다. 피오나와 시선을 맞추려 하다보니, 본의아니게 회전을 해야한다. 같이 춤을 추고있는 것 같은 상태가 되버렸다. 헐...

"내일 우리집에서 저녁 먹자. 너네 둘을 정식으로 초대할게. 옷만 좀 다른걸로 입고 와. 포크 나이프는 쓸 줄 알지?"

말을 마치고 알수없는 미소를 지어 보이는 피오나.
헉. 엉겁결에 고개를 끄덕이고있는 철이.
이런, 내가, 내가, 왜 이러지??...
내 안의 뭔가가 잘못됐다.

*

10층 주차장
9층 레스토랑
8층 의류 제조실 / 옷 가게
7층 영화관
6층 제품 제조실 / 제품 가게
5층 식량 제조실 / 식품 가게
4층 병원 / 생활용품 제조실 / 생활용품 가게
3층 미술관 / 박물관
2층 운동시설 / 수영장
1층 개방 공간

단말기 화면에 뜬 1층~10층 공용 구간 안내도.
이제와서 이걸 처음으로 본다. 주로 장보러 5층에 다녀오거나, 필요한 게 있으면 4층이나 6층에 들러 주문한 물건을 픽업하는 정도였다.

8층을 누르자, 원하는 스타일의 옷 고르기가 시작된다. 옷 쇼핑 다음엔 외식도 할거다. 어쩌다보니 처음으로 하게되는 외출다운 외출. 물론 산초도 함께간다.
 산초에게 피오나의 초대에 같이 가달라고 부탁했는데, 어쩐지 싫지 않은 것 같았다.
 한참을 둘이서 낑낑대며 예약을 마치면, 각자 플라잉 장치를 착용한다.

 사방이 거울로 된, 끝없이 확장되는 공간. 꿈 속이라도 들어온 것처럼 현실 감각이 사라져버린다.
 처음 와보는 8층의 풍경이다.
 옷은 안 사면서 맨날 패션쇼나 온라인 카탈로그를 보며 판타지를 키운 사람에게 쇼핑몰을 만들라고 했을때 나온 결과물. 영화에서 본 적이 있던, 거울로 된 미로 장면을 떠올려 만들어 봤다.
 공간을 예약하면, 오로지 옷과 함께하는 우주를 경험할 수 있다. 필요에 따라 배경 조명색을 조절할 수도 있고. 내가 만들었지만, 꽤나 잘 만들었는데?
 곧이어 관리로봇이 스르륵 미끄러져 들어온다. 주문했던 옷이다. 여기 쇼핑몰 마트에서의 다른 것들과 마찬가지로, 이렇게저렇게 주문을 넣으면 해당 분야 별 제조로봇이 직접 만들어낸다. 이정도면 로봇 천국이라고 불릴만 하다.

 나란히 거울앞에 선 턱시도 차림의 철이와 산초. 구두까지 제대로다.

 목이 졸린다는 듯, 나비넥타이를 연신 붙잡아 끌어당기는 산초. 옷만 입었을 뿐인데도 얼굴에 땀까지 흘리고 있다. 원래 입던 힙합스타일의 옷으로 주문하고 있던걸 겨우 뜯어말렸다. 턱시도.

 가장 신경쓴 티가 나는 옷. 둘 다 교복을 입은 적도 없는데, 난생 처음으로 양복을 입는다. 그것도 턱시도로... 청바지에 티셔츠만 입던 외국인이, 갑자기 한국 전통의 궁중복식, 곤룡포를 입는 정도의 문화적 충격.

 일단 옷이 몸을 꽉 옥죄고 있으니, 이상하게 손이 허전하다.

 회초리라도 들고 있어야 할 것 같은 기분. 지팡이를 이래서 드는 건가? 아차. 모자를 빠트렸네, 어쩔수 없지...

 찬찬히 거울 속 모습을 살피던 철이. 문득 가장 큰 문제를 깨닫는다.

 머리 자를때가 됐다.

"머리 손질 할 준비해줘."
 대답 대신 어디론가 휙 가버리는 관리로봇. 금세 돌아와 위이잉- 본체 윗부분의 덮개를 열며 옆에 와서 선다. 가위와 스프레이, 헤어 드라이어, 헤어 젤이 놓여있다. 생활용품 제조실이 가까이에 있어서 그런지, 없는게 없다. 훌륭해.

여기 온 지도 이제 8개월이 넘어간다. 그 사이 산초와 서로의 머리손질을 한 번 했었다. 어떻게 머리를 자기 손으로 깎냐 하겠지만 공교롭게도 우린 둘 다 핸드폰 요금도 안내던 진골 알바생들. 대략 반년에 한 번, 거울보며 가위들고 머리를 대충 정리하는 식으로 살아왔다. 괜히 내가 덤불숲 머리고 산초가 귀를 덮을정도의 곱슬머리를 하고있는 게 아니다.

 먼저 산초의 머리를 해주면, 산초도 내 머리를 잘라준다. 거울이 잘 보이니까 훨씬 잘되는 것 같다. 마무리는 각자의 기호대로. 오랜만에 머리카락에 젤을 잔뜩 바른 후 최대한 머리통에 붙도록 드라이기로 말린다.
 다시 나란히 서 본다.
 거울 속, 완전히 짝 달라붙는 턱시도 차림의 두 신사의 모습. 이걸로 내일 초대받은 디너 룩 완성이다!

 "자, 이제 밥먹으러 가볼까?"

 레스토랑에는 양식 코스메뉴가 기다리고 있다.
 첫 번째 코스, 에피타이저는 지중해식 샐러드.
 접시 왼쪽 옆으로 크기가 다른 포크 세 개. 오른쪽에 나이프 세 개가 놓여있다.
 서양식 테이블 매너를 배우려고 일부러 이렇게 시켰다.

"오른손이 나이프, 왼손이 포크야. 식사 순서에 따라서 쓰는 도구가 다르고..."
 단말기로 테이블 매너를 검색해가며 산초와 배움의 시간을 갖는다.

"그건 생선용이라고~ 에피타이저는 제일 바깥쪽 꺼라니까?"
 양쪽으로 각각 3개씩에 접시 위쪽으로 디저트 전용 스푼과 포크까지. 다 합쳐 4세트. 수저 한 짝으로 끝나던 거랑은 차원이 다르다. 그렇다 하더라도 이렇게 첫 술 부터 삐걱대서야...
"아니다, 신경쓰지마. 중간걸로 써서 먹자. 혹시 알아? 이렇게 공부까지 하고 갔는데 라볶기 해놓고 젓가락 들고 있을지. 한국에서 온 손님이니까 신경 좀 썼다면서 말이지."

 메인 요리는 스테이크.
 저렇게 진짜처럼 보이는 고기 덩어리를 인공으로 만들었다는 사실이 신기할 뿐이다. 왼손에 중간 크기 포크로 짚고, 오른쪽 중간 크기의 나이프로 썬다. 다시 손을 바꿔서 오른손으로... 아, 이건 도저히 못해먹겠네. 산초를 보니 이미 왼손 오른손을 바꿔서 먹고있다. 양복은 옥죄지, 테이블 매너는 골때리지... 이래야만 받아준다면, 어쩐지 친해지기 어려울 지도...

"...고맙다."
 한입 가득 우물거던 산초. 갑자기 무슨 말이냐는 표정으로 쳐다본다.
"그날 나 살려줘서. 그리고 내 가족이 돼줘서. 너 아니었으면 이 모든 일은 일어나지 않았을거야."
"나야 말로 고맙다 야. 너 아니였으면, 돈도 못 받고 다시 알바지옥행이였어. 구세주는 너야."

"부탁이 하나 있는데, 들어줄래?"
"뭐든지~"
"혹시 만약에 나한테 무슨일 생기면 말야, 이 이야기를 써줄래? 소설로."
 문득 지금 말해야 할 것 같은 말을 해버린다. 죽으면 이 모든 일들이 없던 일이 될 수도 있겠다는 생각이 들었다. 하필이면 가장 좋은 순간에 이런 끔찍한 상황이 떠오르는지...
 아마도 톰톰 부족 때문이겠지. 등 뒤에서 지켜보다가 언제 비수를 꽂을지 모를 일이니... 빨리 다시 글쓰기를 시작해야 할 텐데, 불안하면 더 못하는게 이놈의 글쓰기다.
 내가 못하게된다면, 해야 할 일을 대신 해 줄 사람이 필요하다. 후계자 키우기. 그게 산초가 될 줄이야...

"이 이야기? 우리가 여기서 이렇게 한 이야기 말야?"

"응. 너 지난번에 나한테 작가 하고싶다고 했잖아."
"하고싶어. 어떻게 할 지 몰라서 못하는거지. 좋아. 대신에 너가 나좀 가르쳐줘."
 밥 먹던것도 잊은 듯이 말하는 산초. 이렇게 글쓰기를 갈망하는게 좀 의외다. 그냥 쓰면 되는 데... 앗, 그러고보니 나도 지금 글이 안 써져서 이러는 거네. 갑자기 얼굴이 화끈거린다. 어쩌면 이 아이가 나보다 나을 수도 있겠다.

"말 나온김에 지금 시작해볼까? 단말기 메모장에다 하자."
 단말기를 준비하는 산초. 또랑또랑한 눈망울로 쳐다본다. 복잡하게 하면 안될것 같다. 최대한 짧고 심플하게 말해줘야지...

"등장인물의 디테일한 특징이 필요해. 그렇게 한 번 인물이 이야기 안에서 숨쉬기 시작하면, 나머진 저절로 흘러가. 물이 위에서 아래로 흐르는 것처럼."
"그게 다야?"
"응. 살아있는 생명을 만든다고 믿어야 해. 그럼 한번 써봐."

 디저트는 아이스크림.
 나온지 10분이 지나 녹아내리고 있다.
 스테이크를 다 먹고, 아이스크림이 녹기 시작할 때까지 쓴

걸 내민 산초. 지금, 우리들의 얘기다.

 서산초 / 25세, 남, 한국
 일명 곱슬애기. 곱슬머리에 애기보살처럼 생긴 중국집 요리사. 철이와 함께 버티컬 시티를 만들었다. 요리 배우다 화상 투성이가 된 자신의 손을 자랑으로 생각함. 버티컬 시티 최초이자 최후의 중국집 오픈 준비중.

 강철 / 25세, 남, 한국
 덤불숲 머리. 귀찮아서 점프수트만 입는 작가. 혼자 멍 때리고 있을 때가 많은데, 알고보면 작품 구상중인 상상력의 왕. 자기가 쓴 소설로 플라잉카의 도시, 버티컬 시티를 만들어버렸다.

 호세 / 25세, 남, 스페인
 금발머리. 스페인에서 온 5명의 친적일행 중 맏형 노릇을 한다. 한국인 유모에게 키워진 덕분에 한국 음식과 문화를 끼고 산다. 덜떨어진 외모와는 달리 행동파임.

 엘레나 / 23세, 여, 스페인
 양갈래로 딴 보라색머리. 친척일행 중 가장 어리고, 어디로 튈지 모르는 예측 불가 성격의 소유자.

피오나 / 24세, 여, 스페인
 은발머리. 공주님이라 불린다. 수영장까지 있는 가장 큰 집에 살며 항상 파티를 벌인다. 친척들을 사실상 쥐락펴락 하는 실질적 리더다.

 마리엘라 / 24세, 여, 스페인
 검은 단발머리. 눈은 연한 푸른 색이다. 호기심이 많고 학구적이다.

 헤수스 / 24세, 남, 스페인
 갈색 단발머리. 놀기 좋아하는 날라리로 항상 어디에나 껴있는 감초같은 존재. 호세와 단짝을 이룬다.

 "내가 이렇게 보였어?"
 "아니 그냥, 약간 과장한거야~ 좀 재밌게 만들려고."
 이럴수가... 알려주지도 않은 뻥카를 안다. 이런걸 두고 네츄럴 본이라고 하나? 재미의 핵심을 본능적으로 안다...
 "어떤것 같애?"
 눈을 반짝이며 내 눈치를 살피는 산초. 다 녹은 아이스크림을 떠먹으려 오른쪽에 놓인 스푼을 들어 갖다 댄다.
 "야, 그건 스프 스푼이잖아. 디저트 스푼으로 먹어."
 말 해놓고 소리지른 것 같아서 멈칫 거리는데, 메롱 하고는 그냥 먹던 대로 먹어버리는 산초. 뭔가 안심이다.
 "...좋고, 잘 썼어. 이 다음으로 할 거는 갈등을 만드는 거야. 근데 이게 이미 인물이 갖고있는 거거든?..."
 아이스크림을 나도 한 입 먹어본다. 순간 입안에 달콤하게 녹아드는 바닐라와 아몬드의 적절한 배합. 모든 일이 다 시원하게 정돈된 기분을 주는 맛이다.
 처음으로 다른 누군가에게 글쓰기에 대해 얘기하는 동안, 지나온 삶이 되돌아 봐진다. 그리고, 감사하다.
 글쓰기 강의라니... 생각지도 못한, 엄청난 저녁이다.

*

"어억!!"

 자리에서 튕기듯 일어나면, 어두운 내 방. 옆에 M2가 서 있다.
 오랜만에 당해보는 전기충격. 텐트 생활 때 당했던 것보다 훨씬 강력하다.

"어후, 뭐야 너?!"

- 비상사태입니다. 이쪽으로. 서두르세요.

 갈 길 방향으로 펜라이트 조명을 비추며 재촉하는 M2. 순간 홍수를 떠올리다가도, 여기는 80층이다. 그럼 혹시, 건물이 무너진다는 걸까?...

 멍한 상태에서 점프수트를 찾아 집어들고 몸을 끼워넣는데, 어?! 뭐가... 이런, 이미 턱시도를 입고 있다. 어제 밤, 새 옷을 입은 채로 자버렸다...

 대충 슬리퍼를 신고 비틀비틀 따라가면, 테라스에서 플라잉카가 양쪽 문을 활짝 연 채 출발 대기중이다.

 운전석으로 올라타 곧바로 플라잉카를 출발시키는 M2. 공중으로 날아오르고 나서야 어쩐지 한시름 놓는 기분이 든다. 목에 걸린 단말기를 확인하는 철이, 새벽 3시다.

 - 10분 전 쯤, 옥상을 통해서 무단 침입을 시도하려던 원주민 둘을 막았습니다. 친구분들은 전부 다 납치돼셨고요.

"11동 애들이?"

 - 산초님도요. 원주민들의 배에 실려 이동 중입니다. 신성의 숲에서 처형한다는 대화가 확인되었습니다.

 신성의 숲... 어, 설마 내가 어제 그 나무에 올라갔던 것 때문에?? 정신이 번쩍 든다.

 - 어제 주인님과 산초님이 쇼핑하시는 동안, 친구분들이 요트를 타고 숲 쪽으로 다녀가셨습니다. 산초님은 주인님 대신으로 잡혀간 듯 합니다.

"뭐라고!! 왜 어제 나한테 말 안했어."

- 네?

 이럴수가, 하필이면 저걸 모르고있다... 일이 이렇게 되다니. 완전히 망했다.

- 저희는 지금 전투 사령실로 이동 중입니다.

 무감각한 로봇 어조로 알리는 M2. 전투 사령실은 처음 듣는다. 그러고 보니 이 정도의 시설을 이런 외진 곳에 만들어 놓고, 무장 경비 하나 없다는 건 말이 안되긴 하지. 그 철저한 M이라면 더더욱. 근데 왜 나한테 말을 안해주고 갔지?
 머릿속으로 상황정리를 시작하는 철이. 여러가지 생각이 한꺼번에 내달려 뇌 돌아가는 소리가 들릴 지경이다.

5분 후.
 잠시 공중에서 호버링하는 사이, 호수 한 복판 어느 지점이 갑자기 수면 아래로 꺼지며 출입구가 모습을 드러낸다.
 플라잉카를 낮게 비행해 안으로 들어가면, 층고가 높은 격납고 형태의 공간이 나타난다.
 밖으로 내려서는 철이. 참가자 텐트 구역 한 복판에 숨어있던 그 관리본부와 어째 비슷한 분위기. 하지만 여기엔 양

옆으로 레이저 포탑을 장착한 로봇 수송기들이 늘어서있고, 그 사이사이로 로봇들이 열을 지어 가지런히 서 있다. 개인용 플라잉 장치를 둘러메고, 처음 보는 소총 형태의 장비를 손에 든, 최소한 100대는 넘어 보이는 로봇들.
 이정도면...

 - 실제 전투 임무가 가능한 전투로봇들입니다.

 옆에서 생각을 읽은 듯 대답하는 M2.
 벽면 화면 위로 초록빛의 음영진 화면이 띄워져 있다. 호수처럼 보이는데? 아래쪽 한 장소에 여러 개의 표시 점들이 모여있다. 자세히 보니, 근처에 물 위로 솟아난 나무들도 보인다.
 이건... 감시위성이다. 어둠 속의 물체도 식별 가능한 화질을 갖춘. 역시나 이정도의 감시체계를 갖고있었다.

 M2가 한쪽에 마련된 입력 패널의 버튼을 누르면, 점들을 향해 확대되는 화면. 공중에서 내려다 본 요트의 모습이다.
 횃불을 들고 주위를 밝히는 원주민들과 카누에서 요트 위로 끌어 올려지는 11동 애들. 산초와 피오나도 보인다. 지금 벌어지고 있는 상황을 정확히 보여주고 있다. 이정도면, 이곳의 모든 일은 부처님 손 안에 든 쥐다.
 이제 와서 이 모든 걸 알게된 게 이 상황의 심각성을 역설한다.

- 현재 족장과 핵심 전투병력들이 저곳에 전부 모여있는 것으로 확인됩니다. 저들이 지금 처형을 시작해도 이상하지 않을 상황입니다. 제압 작전을 시작할까요?

 선택의 순간. 톰톰 부족을 제압하면, 아마도 버티컬 시티는 아무 문제없이 계속될 것이다. 만약, 타이밍을 놓쳐 입주민 중에 한 명이라도 죽는다면... 거기서 휴양지로서의 버티컬 시티는 끝장이다. 익사사고가 발생한 수영장이 폐쇄되는 것처럼, 여기도 텅 빈 폐허가 되겠지.
 철이의 한 마디에 버티컬 시티의 운명이 걸려있다.

 "이건, 내가 해결 해야 할 일이야. 나랑 같이 가줄 수 있지?"
 M2의 얼굴을 똑바로 응시하는 철이. 처음 해보는 감정적인 부탁이다. 자살 행위나 다름 없는 말에 저 로봇은 과연 어떤 대답을 할 것인가...
 갑자기 몸을 돌려 근처 선반으로 가버리는 M2. 뭔가를 집어들고 다시 온다.

 - 이걸 드릴게요.

 방탄조끼같은 장비. 건네 받으면 상당히 묵직하다. 정 가운데 빨간색으로 '+'표가 그려져있네?

 - 두가지 설정을 할 수 있어요. A모드는 현재 범위에서 폭

탄이 터져요 반경 20m안이 사정권이죠. B모드는 설정시 원하는 타깃 지점으로 발사되요.

"...자폭 조끼잖아?"

- 목숨을 잃으실 경우 폭발합니다. 이러면 최악의 상황을 헛되지 않게 할 수 있죠.

 자폭 조끼가 맞다는 대답. 인질극 상황. 인질의 목숨을 담보로 협상을 벌일 때, 내가 죽을 수도 있다는 말이군. 죽음만큼이나 냉혹하다.

- B모드 옆에 붙어있는 다이얼로 타깃의 좌표를 입력하세요. 이 다음으로 큰 위협이 모여있는, 1동 건물을 추천드립니다. 현재 적의 배후지 이기도 하고요. 상황 스크린에 타깃 지점을 표시 해 놓겠습니다. 누르면, 좌표 번호를 볼 수 있습니다. 너무 오래 생각하진 마세요.

 말을 마친 후 입력 패널쪽으로 가는 M2. 뭔가를 누르면, 늘어선 수송기들에 일제히 조명이 켜지며 엔진이 돌아가기 시작한다. 폭풍이 휘몰아치는 듯한 바람 속, 자폭 조끼를 입는 철이. 상황 스크린 앞으로 다가서면, 타깃으로 설정된 1동의 표시가 보인다.
 한동안 그 자리에 서서 버티컬 시티의 전경을 바라보는 철이. 로봇의 힘으로 실현된 고리 행성모양의 도시. 이 호수한 복판에 신기루처럼 존재하는 플라잉카들의 파라다이스다.

- 준비 되셨군요. 출발할까요?

조종석의 M2가 철이를 돌아본다. 대답 대신 좌석의 안전벨트를 매는 철이. 모든 준비가 끝나면, 수송기의 문이 닫히며 서서히 떠오르기 시작한다.

*

요트의 플라잉카 패드로 서서히 내려앉는 로봇 수송기 한 대.
활 시위를 겨눈 상태로 노려보는 원주민들 시선으로, 수송기의 출입문이 열리면... 밖으로 나오는 철이. 뒤 이어 M2도 함께다.
보면, 족장 옆 한쪽에 묶여있는 피오나 일행과 산초. 손발은 물론, 눈과 입까지. 완전히 저항을 못하도록 제대로 묶어놨다. 화면으로 봤을 때보다 상황이 생각보다 더 심각하다...

족장을 마주보며 한 걸음 걷는 순간, 철이를 향해 쏟아지는 화살들.
 그와 동시에 앞쪽으로 튀어나오는 M2 팔을 휘둘러 모든 화살을 완벽하게 쳐낸다.
 진짜 날쌘 전사의 움직임. M2에게 저런 모습이 있었다니...
 감탄 할 새도 없이 머리 위로 떨어지는 그물망. 근처에 숨어있다가 노렸다.
 몸을 움직일 수록 더 조여드는 그물. 꼼짝도 못하게 붙잡혀 버렸다. 이를 기다렸다는 듯, 그제야 족장이 철이 쪽으로 다가온다.

 "제발로 오다니, 의외다. 신성의 숲에 들어간 벌은 죽음이다. 너도, 저들도, 벌을 받아야 해."
 자신의 단말기를 꺼내 드는 족장. 보란듯 통역을 들려주고 있다... 이제 보니, 원주민 사이에 서 있는 휴머노이드 로봇들도 보인다. 이들에게도 단말기와 로봇이 지급된다. 사용법도 단순해서 이상할 일도 아니지만...

 "너희가 로봇을 잘 쓴다는 게 더 의왼데? 저들이 두렵지 않냐?"
 "그 덕에 넌 지금 우리 손아귀에 쥐어있다는 걸 모르나? 무서워 해야 할 건 너다."
 "로봇을 잘 쓴다니, 잘됐어. M2, 플랜 A 보여드려."

M2의 눈에서 쏘아지는 빛. 족장의 앞쪽으로 홀로그램 영상이 맺힌다.
 1동을 빙 둘러싼 로봇 수송기들의 모습. 레이저 포탑이 총열이 원주민들이 잠들어있을 층들을 조준하고 있다. 여기 오면서 M2가 제안한 작전 중 가장 확실해 보이는 방법을 고른 것. 원주민들을 인질로 삼았다...
 여기저기서 시작되는 흐느끼는 울음소리. 이들도 역시 최악을 예상한다는 걸까?

 "설령 우리 모두가 죽더라도, 원칙은 지켜져야 한다. 너희는 여기서 죽는다."
 이 정도 일줄이야... 이러면 선택지는 이제 플랜 C밖에 남지 않는다.

 "내가 모든 책임을 질게. 다른 애들은 풀어 줘."
 "너는 한 명이고, 여기 있는 건 여섯일텐데?"
 "내 권한을 줄게. 저 로봇들과 건물들로 너희는 이곳에서 영원히 번영할 수 있다. 하지만 내가 이 권한을 넘기지 않는다면, 모든 건 폐허가 된다."
 폐허라는 말에 움찔하는 족장. 역시, 인간은 인간이었다. 두려움을 가진.

 "너희가 원하는 건 단 하나. 이 신성의 숲을 영원히 지키는 것이지? 잘 생각해. 넌 그렇게 할 수 있어."
 눈을 감고 기도하듯 주문을 중얼거리는 족장. 잠시 후, 철이를 풀어주라는 손짓을 보낸다.
 "지금 너의 말을 증명해라."
 풀려난 철이를 곧 죽일 듯 노려본다.

 "잘 들어. 이게 모든 권한의 열쇠다. 받으면 너의 이름을 말해라. 그러면 너의 것이다."
 단말기의 통역이 끝나는 걸 기다려 화면을 누르는 철이. 관리자 메뉴로 시스템 초기화를 실행시키면, 어느 순간, 옆에서 경계 자세를 취하던 M2의 팔이 축 늘어진다. M이 자신의 시스템 권한을 넘겨줄때 했던 방식이다. 버티컬 시티를 만들기 시작할 때...
 화면에 뜬 관리자용 시작화면을 확인한 철이. 이제 마지막이다... 단말기를 족장에게 넘긴다.

 철이 말대로 하는 족장. 잠시 후, M2가 작동을 시작하는 듯 하더니, 족장의 옆으로 가서 선다. M2에게도 이름을 지어 주는 족장의 모습. 새로 지은 이름은 뭘까? 그동안 정이 들었는지 서운하다.
 묶여있는 애들을 지키고 선 원주민에게 뭐라고 명령하는 족장. 그러자 각자 피리같이 길쭉한 통을 품에서 꺼내더니, 훅! 하고 뭔가를 발사한다.
 발사된 침에 맞는 피오나 일행과 산초. 곧바로 정신을 잃고 축 늘어진다.

 "살려준다고 했잖아!!"

철이가 발악해보지만, 이미 모든건 족장의 손에 넘어간 상태. 일이 이렇게 끝나는건가...

 "이제 이들은 앞으로 24시간동안 잔다. 깨어나면 아무것도 기억 못해. 죽은 거나 다름 없지."
 족장의 목소리가 달래듯 차분하다. 그렇다면 죽이지 않았다는 걸까? 단말기를 넘기자 이제 톰톰어만 들리는 상황. 추측을 할 뿐이다. 외국어 영화를 자막 없이 볼 때처럼.

 "여기 공항에서 12시간 내에 출발하는 비행기편 알려줘."
 - 이집트, 남아공, 그리고... 브라질이 있습니다.

 M2에게 뭔가 내보내는 방법을 지시하고 있는 것 같다. 다행이다. 쟤네들은 저런 식으로라도 살 것이다. 안도의 한숨을 쉬는 철이.
 신이시여 감사합니다. 저의 모든 일이 헛되지 않게 해 주셔서. 감사합니다...

 "따뜻한 곳으로 보내 줘. 노숙하다 얼어죽을 위험이 있으니까. 그리고 쟤도 해."
 족장의 말이 끝나자, 훅 부는 소리와 동시에 따끔! 곧이어 모든 것이 어둠에 빠져든다.

 장작 더미 위에 홀로 누워있는 철이의 모습. 어제 밤, 새로 산 턱시도에 말끔하게 정리해서 붙인 머리가 그대로다. 꼭

이 순간을 준비한 듯 완벽하다.
 편안해보이는 얼굴. 그의 영혼은 지금 어디에 가 있을까?

 "자 그럼 제사를 시작하겠다."

 족장의 손짓에 불을 지피는 원주민들. 곧이어 불길이 **활활** 타오르기 시작한다. 예상을 넘어선 불기운에 둘러 선 모든 이들이 엉거주춤 물러서는데,

콰앙!

 화염 속, 폭발음과 함께 하늘을 향해 솟구치는 불꽃 한 송이. 순식간에 일어난 상황에 모두의 시선이 불꽃을 따라가는데, 어느 순간 밤 하늘에서 펑! 터지며 작은 불꽃들이 눈송이처럼 사방으로 흩어진다.
 톰톰 부족에겐 태어나서 처음 보는, 불꽃놀이.
 환상적이다...

6장. 2037년

이파네마, 브라질.
 온통 오렌지 빛으로 물든 해변 풍경. 한쪽 끝에 걸린 태양이 점점 줄어들고 있다.
 텅 빈 선베드 사이를 돌며 비치파라솔을 접고있는 여자. 세탁을 한 번도 안한 듯 꼬질한 점프수트 작업복 차림. 은발 머리는 푸석한 걸 가리려는 것처럼 야구모자를 푹 눌러 썼다.
 보이는 쓰레기를 줍고, 태극 마크가 그려진 빈 콜라병을 보면 따로 챙긴다.
 여자를 따라 모래사장 위를 질질 끌려가는 작업용 주머니의 모습. 주위엔 어딜보나 해변가의 지겨움 뿐이다.

 '오늘은 평소보다 좀 많네. 그래봐야 5헤알 정도겠지만...'

 상당히 불룩해진 주머니를 눈짓하며 생각하는 여자. 팁 대신 챙기는 부수익. 일 주일 모은 걸 갖다주면, 꽤나 짭짤하다.
 둘러보면, 더 이상 펼쳐진 비치파라솔이 없다. 이제 들어가자.

 여자가 일하는 가게는 해변가 도로 너머로 시작되는 동네의 첫 번째 집.

미구엘 장군 샌드위치 가게

이름도 거창하다. 5년 전, 이곳에 흘러든 여자를 거둬준 할아버지가 운영하는 동네 식당 겸 구멍가게다.
 저기서 샌드위치랑 콜라를 바구니에 담아서 가지고 나와, 해변의 선베드 사이로 돌아다니며 판다. 이렇게 해가 지면 뒷정리도 해 주고.
 여자가 온 이후로 해변가 관광객들 상대로 배달하며 사업 영역을 넓혔다.
 사실 여자는, 자신이 누구인지 모른다. 기억을 상실했다.

 가게로 들어서면, 언제나처럼 계산기 뒤에서 돈을 정리하느라 정신없는 할아버지.
 옆을 슬쩍 지나쳐 주방으로 향하는데, 날카로운 휘파람소리가 귀에 꽂힌다.
 할아버지가 오라고 부른 것. 젊었을때 목동을 했다고 저런 식이다.
 개를 부르는 것 같기도 하지만 뭐, 상관없다.

 "또 월급날이네 펩시~"
 펩시. 여자의 이름이다. 여기서 일을 시작한 첫날, 해변가 손님들이 그렇게 부르길레 이름으로 해버렸다. 여기~ 펩시!... 할아버지도 맘에들어 했다.
 "언제까지 이럴거야? 안정을 찾아야 하지 않겠어?"
 또 시작이다. 이미 안정적인데 안정을 찾으라니. 그래...

니가 사장이니까 니 맘대로 말해라. 난 내 맘대로 살게. 꼬우면 쓰레기 치우는 일을 니가 해보시든가. 언제나처럼 머릿속에서 복수하듯 생각을 굴리자니 썩은 미소가 저절로 피어난다. 기억이 있던 때의 내 성격이 이랬던 걸까?

"이 돈으로 지금 당장 옷 빌려입고 클럽으로 가. 알았어? 알았다고 대답해야 줄거야."
 손에 든 돈봉투를 눈앞에서 휘두른다. 아, 먹고살기 뭣 같네.
"씨, 세뇰~"
 썩은 미소를 억지로 흉내내며 돈 봉투를 넘기는 할아버지. 그럴듯 했다는 칭찬의 표시로 윙크 한 번 날려준다.
 이 인생 아무 문제 없다.

*

어둑한 주위로 하얗게 도드라진 모래사장의 모습.
 그 너머로, 점점 어둠 속에 파묻히듯 사라지는 바다가 있다.
 하루 일과를 끝내고 다시 해변의 선베드로 돌아온 펩시.
 언제나처럼, 샌드위치와 콜라와 함께다.

눈을 감고 콜라 한 모금을 마신다.

알싸하게 시작해 불타는 속도감으로 달리는 기분. 그러다 파도가 물거품으로 사라지는 것처럼, 위장 속으로 사라진다.
 다 끝나고 난 후엔, 뜨거운 기운의 여운이 감돈다.
 음, 무쵸 메호르...

 해변의 밤은 완전히 다르다.
 어둠이 모든 것을 간결하고 차분하게 만든다.
 심연을 향해 끝없이 계속되는 영원의 바다가, 나만의 방에 펼쳐지는 것.

 난 어둠을 사랑한다.

 나는 누구일까?

 손을 뻗어본다.
 선듯한 달빛아래 비춰진 그림자 같은 형체 일 뿐이다.
 꿈과 현실의 경계가 모호해지는 듯한 느낌. 존재하면서도 동시에 존재하지 않는 존재.
 나는 누구일까?...

 시야 안으로 들어온 사람의 형체가 바다를 향해 걸어간다. 자연스럽다.

기억이 없다는 건, 생각보다 나쁘지 않다.
 뭐랄까... 가볍다. 텅 빈 방처럼 아무것도 없으니까. 쉬려면 그냥 맨 바닥에 앉거나 누우면 된다. 허전하면 뭔가를 만들기 시작하면 되고, 온기가 필요하면...
 온기가 필요하다.
 굳이 기억을 찾고싶은 이유를 들라면, 따듯한 감정을 느끼고 싶어서다. 따듯함. 그게 내가 콜라를 좋아하는 이유이기도 하고...
 다시 한 모금 마시려고 하는데 멈칫. 이제 사람 형체가 머리통만 남아있는 위치까지 가있다.
 파도에 따라 나타났다, 사라졌다...
 저러다 죽을 것 같은데??

*

틱, 틱, 틱...

 몇 번의 시도 끝에 마침내 나무에 불이 붙는다. 점점 붉으스름하게 밝아지는 주변.
 물에서 끌려나온 후 정신을 차린 이래로 댕댕이처럼 사지를 덜덜 떨고있던, 이 동양인 남자.
 주어다 준 비치타월을 온 몸에 꽁꽁 두른 상태로 불길 앞에 바짝 붙어선다. 완전히 젖은 곱슬 머리가 얼굴에 미역줄

기처럼 붙어있는 꼬라지. 이제 보니 나랑 비슷한 또래네.

"이거 먹을래?"
 내민 샌드위치를 덥썩 받아 허겁지겁 먹는 남자. 먹던 콜라도 준다. 도저히 죽으려 했던 사람으로 보이지 않는 모습. 저도 모르게 썩은 미소를 짓게된다.

 정신을 잃고도 손에 쥔 책을 놓치지 않았던 남자. 뭔가 중요한 책인 것 같은데, 바닷물에 완전히 퉁퉁 불어버렸다.
 주위에서 나뭇가지를 하나 주워 조심스럽게 붙은 사이를 떼어내는 펩시. 어느정도 했다 싶으면, 불길에서 적당한 곳에 놓아준다. 이제 됐다.
 죽다 살아난 사람 더 이상 괴롭히고 싶지 않아서 그냥 내버려 두면, 아무런 말을 하지 않는다. 펩시야 어차피 매일 여기서 이러고 있는 게 일이다.
 어둠 속에 말없이 그냥 앉아있는 거.

"내가 직접 만들었다."
 문득 정신을 차려보면, 남자가 말려놓은 책을 가리키고 있다.

"기껏 모은 돈 다 털어서 냈는데 봐 주는 사람도 없고, 그냥 다 싫어서 그랬어. 5년 정도 책쓰기에 파묻혀 지냈더니, 상태가 많이 안좋아 진것 같애."
 외국인 같은데, 서툰 말로 잘도 지껄이네. 좀 미친 것 같기도 하고... 작가라는 인간들은 저런 식인가보다. 이렇게 또 하나의 경험이 기억의 방에 채워진다.

"그 전엔 뭐했는데?"
"기억이 없어."
저 텅 빈 표정. 나랑 똑같다...
"리우 공항."
"어?! 어떻게 알았어??"
"기억상실증 걸린 외국인이면, 공항밖에 더있냐? 바다로 떠밀려 오겠어, 땅에서 솟아나오겠어~"
"하긴..."
얼어 붙은 채 한숨을 쉬는 남자를 바라보는 펩시. 모골이 송연히 곤두선다.

펩시가 인지하는 기억의 시작점은 5년 전, 리우 공항에서부터. 더 정확히는 4월 4일.
이상하게 그 날의 기억만 안개에 낀 것처럼 흐릿했었다.
이렇게 밤이면 해변에 앉아 계속 생각하다가 마침내 기억해냈다. 5년이 걸렸다.
그리고 지금, 본능적으로 알 수 있다. 저놈도 나와 같은 날이라는 걸.

"...그래서 더 책쓰기에 빠졌었지. 다른 기억은 전혀 없는데, 머릿속에 이상한 소설같은 얘기만 남아 있었거든. 나 좀 써주쇼~ 하는 것처럼."

더 이상의 이야기가 귀에 들어오지 않는 상황. 어느새 몸이 다 마른 남자가 스윽 일어선다.

"저기, 난 펩시라고 해. 길 건너에 있는 샌드위치 가게에서 일하고. 넌 이름이 뭐냐?"

조급함을 애써 숨긴 채 친한척을 해 본다. 졸지에 친구가 생기게 됐네.

"상하이."

엥?! 혹시...

"너... 햄버거가게에서 일해?"

고개를 끄덕이는 남자. 시청 옆에 있는 가게라고.

내가 펩시인 것처럼 지가 이름을 만든거다. 저걸로 100%.

"책 가져가야지!"

"버려~"

눈앞에서 기억의 실마리가 비틀비틀 멀어져간다.

*

일 주일 후.

마지막 남은 조명이 꺼지는 햄버거가게의 모습.

잠시후, 주차장 쪽 뒷문이 열리며 그림자 하나가 삐죽 밖으로 나타난다. 곱슬머리의 동양인 남자다.

양손에 자기 몸통만한 쓰레기봉투를 질질끌고 주차장 끝의 컨테이너를 향해 가는 남자.
 마침내 컨테이너까지 가면, 낑낑대며 하나씩 던져 넣는다.
 그 상태로 잠시 쭈그린 채 쉬는 남자.
 문득 돌아서면, 언제 왔는지 힙합 스타일로 차려입은 동네 양아치 세 명이 서 있다.

"뭘 할지 알지?"
 말하곤 씨익 웃는, 가운데의 형광 연두색 비니. 양 옆에 선 두 놈은 한껏 인상을 찌푸리고 있다.
"미치겠네..."
 한국말로 중얼거리곤 한숨을 푹 쉬는 곱슬머리. 할 수 없다는 듯, 주머니로 손을 가져가려는데...

삐익~삑!

 날카로운 휘파람 소리가 귀청을 때린다.
 순간 돌아보면, 주차장 입구를 막고 서 있는 스쿠터 한 대. 옆으론 헬멧으로 얼굴을 완전히 가린 누군가가 우뚝 서 있다.

파다다닥-

 세 명의 양아치가 순식간에 토낀다.

스쿠터에서 내려 곱슬에게 다가오는 헬멧.
 헬멧을 벗고 습관처럼 고개를 살짝 흔들면, 안쪽에 말려있던 은발 머리가 샴푸 광고처럼 촤- 펼쳐진다.

 "펩... 시?"
 "넌 아직도 벙뜬기냐? 중학생도 아니고."

 멍 하게 쳐다보는 상하이. 예상 못한 등장에 놀란건지, 반한건지...
 썩은 미소를 짓는 펩시. 고개를 절래절래 흔든다.

 "왜왔어?"
 "고맙다는 말부터 해야하는 거 아냐? 이걸로 두 번째다, 너 구해주는 거."
 "그냥 죽게 내버려 두지 그랬어, 햄버거고 뭐고 다 짜증나 죽겠는데..."
 "그렇기엔 아깝지, 너처럼 훌륭한 작가가 말이야."
 "읽었어?"
 뭔가가 내려 앉듯이 확 바뀌는 상하이의 표정. 으음... 내가 첫 번째 독자였군.
 펩시가 고개를 끄덕인다.

*

불꺼진 햄버거 가게 안.
창가 자리에 앉은 펩시가 텅 빈 가게 풍경을 바라본다.
길거리에서 흘러드는 차가운 LED조명 빛으로 모든 사물이 크롬 느낌의 푸른 빛을 띤 모습.
SF 영화 속의 한 장면같다. 실제보다 더 또렷하게 강조되는 듯한 착시효과가 난다.
주방쪽에서 삐삐삐- 하는 신호음이 들리더니, 곧이어 산더미처럼 접시에 쌓인 감자튀김과 함께 나타나는 상하이. 펩시 앞에 턱 내려놓고는 맞은편에 앉는다.

"너가 은발이니까 피오나고, 내가 손에 화상자국 있는 걸로 산초라는 거까진 그렇다 쳐. 나머지 애들은 어디서, 어떻게 찾을 건데?"
기억이 시작 된 5년 전. 공항에서의 날짜를 말 한 순간, 상하이의 태도가 완전히 바꼈다.
일 주일 전의 내가 그랬듯, 모골이 송연했을 것이다.

"여기 오기 전에 조사를 좀 했어."
프린트 된 사진 한 장을 상하이에게 건넨다. 어제 리우 공항에 가서 하루 종일 공항 경비대 사무실에서 보낸 끝에 획득한 결과물. 5년 전, 그날. 공항 경비대에서 처리한 외국 난민 6명의 자료가 아직까지 남아있는 걸 기적처럼 발견했다. 경비대장의 쌓아두는 성격 때문에, 그의 책상서랍 맨 아랫칸에 모여있던 고장난 저장장치 중 하나에 그 파일이 있었던 것이다!
 이렇게 까지 적극적으로 할 수 있었던 건, 상하이의 소설이 너무 생생했기 때문이다. 그래서 용기를 낼 수 있었다.

 외국 난민 6명의 사진...

 그들 중에 펩시와 상하이의 얼굴이 있다.
 자기 사진을 확인한 상하이가 충격을 받은 표정. 나도 어제 저랬다.

 "다른 애들도 이곳 어딘가에 있을 수 있다는 말이네, 우리 둘 처럼."
 한동안 말없이 감자튀김을 먹던 상하이가 말을 잇는다.

 "...만약에, 그 4명을 다 찾으면, 그땐 어떡하지?"
 "우린 모든 걸 잃었어. 기억 없앤 놈부터 찾아가야지. 그러다 보면, 뭔가 생각 날지도."
 감자튀김 하나를 짓이기기 시작하는 상하이. 어느 순간, 눈물을 글썽이더니 울기 시작한다.
 사진 위로 눈물 한 방울이 떨어진다. 그 곳에 서 있는 기억이 없는 6명의 무표정한 얼굴들.
 눈물로 점점 뭉개지는 얼굴을 바라보던 펩시.
 조금씩, 서서히 미소를 떠올리기 시작한다.

복수에 성공한 행운아같기도, 깨달음에 다다른 구도자같기도 한 미소.

 기억을 잃어버린 자만이 지을 수 있는, 멋진 미소다.

작가의 말

 어쩌다 보니 서울 사는 1인 입니다.
 교통 체증으로 꽉 막힌 도로 위에 있던 어느 날, 양옆으로 들어선 40층짜리 건물이 보였습니다. 이제는 일상이 된 서울의 초고층 아파트 풍경. 층층이 40개 층으로 쌓여있는 저기 사는 사람들이 어느 날 동시에 차를 끌고 나와야 한다면?... 문득 건물은 초고층 사이버펑크 스타일로 지으면서, 왜 자동차는 땅에서만 다녀야 하지? 하는 의문이 생기더군요.

 40층 아파트. 딱 봤을 때, 불나면 큰일나겠다라는 생각부터 듭니다. 엘리베이터 고장나면 40층 사는 사람은? 여름에 전기 끊기면? 저건 완전 밀폐형인데... 생각하면 할수록 인간이 살기 부적합한 환경을 과학기술에 의지한 채 살아가는 상황. 일상적으로 저런 아파트를 보면서 왜 마음 한구석이 계속 걸리적거렸던지, 깨닫게 되네요.
 차와 사람 돌아다닐 땅은 1층 한 면인 건 그대로다. 그런데, 20층도 아니고, 40층이라굽쇼? 반칙 아닌가? 저런 식으로 할거면 하늘길을 만들어 놓고 하든가.

 인간은 자연에서 배운다고 들었습니다. 이런 비자연이 일상이 된다면, 자연에선 어떻게 할까? 창문으로 촘촘한 40층짜리 아파트가 벌집 같아 보였습니다. 꿀벌들처럼 자유

롭게 테라스로 사람과 드론형 자동차들이 오가는 광경이 떠올랐습니다. 그 순간, 저는 이 이야기를 써야겠다고 결심하였습니다.

  날렵한 스타일의 2인승 드론, 플라잉카. 운전석에 타면 지도창, TV, 화상 전화 상대방 얼굴이 떠 있는 홀로그램의 빛에 총천연색으로 물듭니다.
  플라잉카들이 날아다니는 사이버펑크 도시, '버티컬 시티'로 출발하겠습니다!

2025년 3월
메르시

스위밍풀 SF 장편소설
버티컬 시티
© 메르시 2025

1판 1쇄   2025년 4월 4일

지은이   메르시
펴낸이   금세혁
디자인   사우르스
제작처   태산 인디고
펴낸곳   스위밍풀

출판등록   제2023-000036호
이메일   amag100@naver.com

ISBN 979-11-986666-8-0 (03810)

* 이 책의 판권은 지은이와 스위밍풀에 있습니다. 이 책 내용의 전부 또는
  일부를 재사용하려면 반드시 양측의 서면 동의를 받아야 합니다.